托爾金與路易斯

那是璀璨的交會——我們穿著拖鞋，伸長雙腳向爐火，手持美酒。談論之間，全世界甚至世外的事物，都向我們的心靈敞開。兩人彼此無所求，也沒有責任，坦蕩自由，宛如一小時前我們才相識，卻又有長年的情誼包圍融合我們。生命裡沒有比這更珍貴的禮物，誰人得以獲此賞賜？

路易斯論友誼，摘錄自《四種愛》

Knowledge 001

聖經、魔戒與奇幻宗師

托爾金 VS 路易斯—《魔戒》誕生的故事

Tolkien and C. S. Lewis

The Gift of Friendship

作者／柯林・杜瑞茲（Colin Duriez）
譯者／褚耐安

〈出版緣起〉

閱讀不須從信仰開始

何飛鵬

宗教對於一般世俗人有兩個層面，一個是相信，一個是不信。如果你是某個宗教的信徒，那不待多言，如果你不相信，也免不了會在社會使用的語言、生活習慣等等碰觸到和宗教相關的事物。

目前，在中國社會中的宗教，除淵源已久的佛教、道教之外，也有西方宗教如天主教、基督教傳入。然而，中國社會對基督宗教雖也有幾百年的接觸，但相較之下，歷史還是很短，一般人對於西方宗教的了解，相對來說沒有那麼深刻。

可是，在進入二十一世紀，英語幾乎變成唯一的國際共同語言。在頻繁使用英語的情況下，無時無刻不是在接觸英語世界所蘊含的西方文化質素，包括相關的典故、信仰、邏輯和精神，便成為現代人經常碰到的事物。因此，如何對基督宗教有更完整、正確的理解，似乎是現代中國人不可或缺的訓練。

不只是如此，如果我們有機會深入了解基督宗教，其中也蘊含了發人深省、心靈勵志的內容，基督宗教蘊含相當豐富的這些質素，對現代人有所助益，也有需要多加理解。

作為一個出版人，我們發覺，現今已出版的基督宗教出版品，大多出自以傳教為使命的出版社，共同特色是閱讀時必須先具備信仰的基礎。因此，這類的出版品在一般人讀來，是有一定程度的隔閡。

我們發願出版一系列書籍，目標是把基督宗教當作人類文化的一部份，視為現代人必須了解的知識，閱讀不須建立在信仰宗教為前提。我們期待能帶領讀者，進入基督宗教的深層底蘊，了解西方文化底層的架構。如果因此有人得到救贖、加入基督宗教的世界，我們也不反對。但更重要的是，這系列書籍出版的目的，是期待加深大眾對基督宗教文化的理解，也能對讀者的工作、生活等層面產生正向的幫助，這是我們所期待的。

了解耶穌的世界，從啟示開始。

（本文作者為啟示出版發行人）

作者序

我在學生時代閱讀路易斯的自傳，即已知曉他和托爾金交情深厚。撰寫本書的過程，我更加體會兩位奇幻文學巨擘堅實的友誼，雖然在長達四十年的交往過程忠，免不了有意見相左和爭執的時刻。我相信這是第一本並論托爾金與路易斯兩人文學成就與友誼的著作。

托爾金藉由《魔戒》暢銷全球而聲名大噪。彼得·傑克森執導的電影《魔戒三部曲》更將托爾金的知名度推向高峰，影片拍攝地點紐西蘭成為最熱門的觀光景點，劇中的哈比人、半獸人、食人妖也成為校園裡、酒館內最熱門的話題。

然而，很少人知曉牛津同事路易斯對托爾金的重要影響。托爾金曾說，沒有路易斯長期持續的鼓勵，他不可能完成《魔戒》。兩位奇幻文學宗師的相互淬勵，媲美渥滋華斯（*William Wordsworth*）與柯立芝（*Samuel Taylor Coleridge*）、威廉·考柏（*William Cowper*）與約翰·紐頓（*John Newton*，知名聖詩〈奇異恩典〉作詞者）交會時互放的光亮。《魔戒》書中長鬍子的樹人和它低沈的呼喊，其實都出自於路易斯的靈感。

路易斯的名氣也不徨多讓，他的《納尼亞魔法王國》系列創造了充滿神奇和想像的童話世界，其中許多事和物源自於托爾金《魔戒》裡的中土世界。當時，《魔戒》首部曲尚在撰寫中，托爾金經常對路易斯朗讀書稿。《納尼亞魔法王國》系列的第一本《獅子．女巫．魔衣櫥》將改編為電影，由《史瑞克》導演安德魯．亞當森執導，不久將可上映[1]。

托爾金與路易斯兩人於一九二六年相識於牛津大學，此後彼此影響，相互受惠。路易斯著作中若干人名和奇幻事物明顯受到托爾金的影響。甚至托爾金本人也化身成路易斯小說中的藍森博士。路易斯原本是個無神論者，經托爾金的說服，相信西元第一世紀發生於巴勒斯坦的新約聖經敘事兼具智識和想像價值。此外，路易斯曾經兩度拒絕劍橋大學教席，第三次由托爾金說服，終於接受。路易斯任教牛津近卅年，但是卻三度和教席擦身而過。

托爾金與路易斯在一九二六年相識之後，迄一九六三年路易斯過世，一直維持深厚的友誼。就像許多長年交往的老友一樣，兩人的情誼歷經高峰和低谷，到了最後幾年明顯呈現淡如水的現象。但是綜觀卅七年的交往，志同道合的親密時段遠多於不相為謀的疏離時段。

坊間已出版的托爾金及路易斯傳記中，相互都據有重要份量，因此本書撰寫素材豐富，應該感謝這些傳記作者。兩位文學巨擘的友誼，多所轉折且複雜，為了使讀者易於掌握，我在每章章首及內文，使用虛擬情景的方式撰寫。情景雖然是想像的，事實卻都有文獻的根據支撐，分別來自於兩人的奇幻文學作品、日記、信件，以及其他友人的敘述。

對於這段珍貴友誼的描述，首先必須細讀他們所有的作品，參考他們的生活歷程以及親人關係等。但是我發現若干坊間關於他們倆人的書籍，卻沒有經過仔細求證而妄下斷語。有一本著名的二十世紀文學辭典竟然出現下列評述：「路易斯討厭女人，認為女性的心智能力弱於男人，因此，他和女性交往時心存歧視。」顯然撰寫這段文字的先生不知道，路易斯在第二次世界大戰時收容滿屋子孩童，他奉養養母三十年，他收養兩個拖油瓶繼子，而且經常與識與不識者書信往來分享他們的喜怒哀樂，協助他們面對掙扎和疑惑，類似的例子不勝枚舉。至於路易斯對於女人心智的看法，我們知道他曾稱讚妻子喬伊．戴薇曼（*Joy Davidman*）智慧過人，他與當時最傑出的哲學家桃樂絲．賽亞斯（*Dorothy L.Sayers*）交情匪淺，並曾與哲學家依莉莎白．安松貝（*Elizabeth Anscombe*）激辯後，修改自己關於機械論的的論證。這些事實都足以證明路易斯對女性心智能力的尊重。

同一本文學辭典並寫道：「路易斯和托爾金雖然交情深厚，卻彼此譏貶對方的書是給小孩看的。」事實上，托爾金雖然指出《納尼亞魔法王國》系列的缺點是寓言太多，卻沒有貶抑之意。路易斯更是對《魔戒前傳：哈比人歷險記》（*The Hobbit*，下皆簡稱《哈比人》）讚譽推崇，認為是一本經典童書。

除了感謝路易斯和托爾金傳記作者們提供的豐富資料，我還必須感謝許多人，但實在無法一一指名，他們鼓勵我持續去深入探討這段獨一無二的友誼，這些人分布在世界各國——包括英格蘭、愛爾蘭、美國、西班牙、瑞典、波蘭等。其中對我助益最多的是英國托爾金社、美國伊利諾州維德中心、牛津大學路易斯社，以及瑟比（*Thurnby*）聖路加教堂的朋友們。我更要感謝林．漢米頓（*Lyn Hamilton*）先生

作者序

在一個陰雨的日子，駕車載我前往伯明罕尋訪托爾金的童年故居，以及謝謝他閱讀這本書的草稿。大衛·唐寧，感謝你，你的洞見總是讓我豁然開朗。華特·胡佛，謝謝你在這個計畫進行中給我的鼓勵（雖然你可能不知道你給了我多大的幫助。）

在此我必須聲明，本書若有任何錯誤，都應該由我一肩承擔。畢竟托爾金和路易斯兩位大文豪在著作中展現淵博學養，筆者難免有不能領略之處。另有若干細節我無法考證，譬如路易斯為什麼不將他與戴薇曼結婚的事告訴托爾金，我僅能陳述我所發現最合理的原因。又譬如路易斯和養母之間是否有不倫關係，我努力考證，但沒有確切證據，然而，我個人也傾向於懷疑其可能性。這些缺失，也請讀者諸君多加包涵。

柯林·杜瑞茲

識于萊斯特，二〇〇三年二月

①編者註，發行者迪士尼預計於2005年聖誕節檔期上映。

聖經、魔戒與奇幻宗師

Tolkien and C. S. Lewis

目次

Chapter One

奇幻少年

（1892～1925）

兩個男孩蹲伏在伯明罕鐵道近旁，稚幼的身影掩沒在野花繁草之間。個子較高的年紀約九歲，較小的弟弟只有七歲。

時間是一九○一年仲夏昏熱的日子，學校正放暑假。郊野風靜聲息，伯明罕城鎮的喧囂以及金希斯（*King's Heath*）火車站運煤車的運轉聲遠遠傳來，哥哥發現遠處一叢繽紛野花，指給弟弟欣賞。突然，他們等待許久的神聖儀式開始了：南方浮現一縷黑煙，兩兄弟站起來看個真確，只見烏黑火車頭拖著長列運煤車廂，蜿蜒緩慢向他們駛來。這列火車來自百哩外的南威爾斯山谷，那裡蘊藏豐富、材質優良的煤炭，之前九十年間燃燒起伯明罕的工業動力，使小鄉鎮發展成五倍大的工業城鎮，之後更加倍擴大。

運煤火車在他們近前咆嘯通過，震動大地。哥哥專注地看著運煤車廂上的地名：白倫蘭達（*Blaen-rhondda*）、梅爾地（*Maerdy*）、先根尼（*Senghenydd*）、南堤哥羅（*Nantyglo*）、崔帝格（*Tredegar*），有些他甚至不會拼讀，卻能激起無限的遐想。哥哥的名字叫做約翰．羅納多．羅爾．托爾金（*John Ronald Reuel Tolkien*），家人和朋友都喚他羅納多或約翰．羅納多。弟弟的名字是希拉利（*Hilary*）。

給我一個名字

七十年後，即一九七〇年，托爾金接受英國國家廣播公司訪問時指出，童年時代見過的威爾斯地名，對他產生重大影響，火車經過原野的景象宛如啟示聖象，激盪成日後作品的中土世界，醞釀出哈比人、精靈、半獸人和巨龍。托爾金在接受訪問時說：「威爾斯語的風格和音調深深吸引我，當我第一次在運煤車廂上看到這些地名，非常渴望知道隱藏其中的意義。」他進一步解釋他的作品都由一個名字開始：「給我一個名字，我就能編一個故事，但不能是通俗常用的名字。」托爾金指出，威爾斯語和芬蘭語是他創作的靈感泉源，《魔戒》也是如此。威爾斯語是他作品中精靈語言的藍本，也是眾多人物名的來源。

我們暫時撇下鐵道邊那兩個小男孩，他們的未來猶如歌聲嘹喨的雲雀，盤旋直上伯明罕的晴空。我們假想自己搭乘熱氣球，巡行俯瞰托爾金的國郡——英格蘭中西部：黃土路穿越伯明罕城鎮，輻射般通往周圍綿綠的英格蘭鄉野。清流和溪谷切割山脈，陸續匯聚向色溫河（*River Severn*），浩浩蕩蕩往南流去。夏日的濕熱將原野刷洗成明亮的綠翠。越過擁擠的鎮中心，沿著鐵路往北，不理會眾多的橫生支線，來到庫樂威（*Crewe*），然後沿著墨希運河（*Mersey Canal*），來到翠藍愛爾蘭海旁邊喧囂熱鬧的利物浦港。繼續往西前進，男人島（*Isle of man*）掠過我們腳下，經過愛爾蘭北方的阿茲半島（*Ards Peninsula*），南方浮現默那山脈（*Mourne Mountain*），我們已來到路易斯的納尼亞王國——北愛爾蘭。腳下的愛爾蘭東邊是海岸線，島上的地貌宛如唐恩郡（*County Down*），北邊佈滿沼澤和灌叢，南方山脈隆起。繞過半島來到貝爾法斯特港，港灣裡船隻穿梭如鯽，不遠處港市明亮整潔。接著，哈藍渥夫船塢（*Herland and Wolfe*）呈現眼前，這是二十世紀初世界上最大的造船廠，名噪一時的鐵達尼號（*Titanic*）和奧林匹克號（*Olympic*）就是由這裡的技師一錘一釘打造而成。

就在托爾金迷醉於運煤火車廂上的威爾斯地名同時，年僅三歲的路易斯也有屬於自己的啟示聖象。路易斯六歲的哥哥華倫衝進家裡，這是一棟堅實的木造房屋，位於但達拉農莊（*Dundela Villa*），就在貝爾法斯特港灣邊，鄰近哈藍渥夫船塢。華倫手上拿著一個餅乾盒鐵蓋，上面堆滿蘚草、花朵和細枝，得意地向弟弟炫耀。路易斯說，這是他記憶中第一次接觸美好事物，第一次興起原始且浪漫的悸動，使三歲未滿的他對於平日玩耍的花園，有全新的見地。

華倫將蘚草、花兒和細枝在鐵皮蓋上編織成一個迷你花園。在此之前，路易斯和哥哥雖然常往真正的花園遊玩，卻對葉片的形狀毫無印象，經由哥哥編造的迷你花園，路易斯重新認識自家的花園。「它使我真正了解大自然，」路易斯在自傳《驚喜》（*Surprised by Joy*）中回憶：「並非色彩繽紛、形式繁多的寶庫，而是一種清冽、露濕且新鮮的繁茂。」這個新體驗在他胸臆逐漸滋長，成為一種可想而不可得的樂園，一種追求不可能實現美境的過程。路易斯稱之為「喜樂」，也是他文學作品的明顯脈絡。

哥哥的人造迷你花園對於路易斯作品裡樂園的影像，有舉足輕重的影響。路易斯的啟示聖像開啟他日後「內觀式」思維習慣，由記憶或文學作品透視隱藏其中的喜樂和美。這是一項永不停止的追尋，路易斯大半輩子都致力於這項追尋，希望掌握真喜樂。他的成果包括終於承認，先前認為上帝不存在是錯誤的，先前認為上帝是自然力的表徵也是錯誤的。路易斯發現上帝是萬物的起源，他說：「祂是萬事萬物的中心，混沌未明，簡單且完整，祂是真實的泉源。」

托爾金和路易斯各自不同的啟示聖象，持續影響他們的童年生活。路易斯和哥哥華倫在貝爾法斯特創造出會說話的動物世界；托爾金則在英格蘭中西部自創語言，先是借用威爾斯語拼音，繼而使用芬蘭語和哥德族語。兩位奇幻文學巨擘皆是在童年失去慈母，路易斯當時九歲，托爾金應在十二歲之前，托爾金的父親更在他能開始編織記憶以前已離他而逝；路易斯因為母喪，無人照顧，被送到英格蘭一所寄宿學校就讀，他認為這形同放逐，也因而遠離父親的照撫。托爾金和路易斯都在第一次大戰期間開始創作。戰爭期間，路易斯曾經受傷，托爾金則失去兩個最親密的好友。

托爾金於一八九二年元月三日誕生於南非布隆泉鎮（*Bloemfontein*），是家中長子，父親為亞瑟．羅爾．托爾金（*Arthur Reuel Tolkien*），母親是梅寶，閨姓為蘇菲德（*Mabel nee Suffield*）。

亞瑟．托爾金一八五七年出生於伯明罕，為了工作的緣故來到南非，成為非洲銀行布隆泉鎮的職員，這裡距離開普敦七百英哩。梅寶也出生於伯明罕，比亞瑟小十三歲，生於一八七〇年。她的家族來自威瑟斯特郡（*Worcestershire*）伊弗咸（*Evesham*），日後托爾金的弟弟希拉利回到母親的故鄉落戶，成為花農。大部分學者都認為托爾金與外家的關係較密切，認為他是英格蘭中西部威瑟斯特郡的鄉下小孩，而與長久居住於伯明罕的父系托爾金家族關係較疏遠。在布隆泉，托爾金家住在麥蘭街（*Maitland Street*）的銀行樓上，四周都是草原和荒漠，連一棵樹也沒有。梅寶曾寫信告訴她的夫家親戚，嬰兒托爾金穿上白衣白鞋、戴著圍兜，「可愛得像是個小仙子」，沒穿衣服的時候，渾然「像個小精靈」。一八九四年二月十七日，梅寶又生下希拉利，使得年幼即失去雙親的托爾金仍有親密的兄弟。路易斯的景況也與托爾金相似。

由於布隆泉天氣燠熱，托爾金的健康狀況不佳，於是，在一八九五年四月，梅寶帶著三歲和一歲的稚子返回英格蘭，父親亞瑟繼續留在布隆泉工作，養活一家子。梅寶和兩個小兒子回到伯明罕金希斯區阿喜非路（*Ashfield Road*）娘家居住，同住的有小托爾金的外公、外婆以及阿姨珍妮。托爾金對於環境的變遷相當困惑，經常翹首窗外，希望看見矗立在荒野間的布隆泉非洲銀行。他日後回憶：「我常常走在伯明罕的街道上，心中疑惑那大迴廊、大陽台哪裡去了？」記憶中印象鮮明的還有第一次看到聖誕樹的驚奇，對於來自黃沙飛揚、孤樹不生的非洲草原幼童，這確實是個震撼。

不到一年傳來噩耗，托爾金與父親的距離由關山遙隔竟成天人永隔，家道也因此陷入貧困。一八九六年二月十五日，亞瑟．托爾金併發熱病和出血，撇下妻子和幼兒辭世，得年三十九歲，遺體就近葬在布隆泉老墓園。梅寶收到噩耗電報的時候，棺木已經入土，她手頭拮据，沒有足夠的錢橫渡數千里，前往亡夫的墳前致哀。

這年夏天，傷心的托爾金家人遷往伯明罕鎮外一英哩的沃維克郡（*Warwickshire*）格瑞司威爾（*Gracewell*）五號農莊小屋。此處距離伯明罕大城鎮不遠，卻是十足的鄉下地方，隔著一方池塘，對面就是薩瑞霍磨坊（*Sarehole Mill*）。托爾金長記，那裡迴盪著馬匹嘶鳴和車輪壓地的聲響，「遍地翠綠，喧囂不興。」對托爾金而言，這是他記憶中的童年故鄉，也是他與慈母相親相近的有限歲月：「沃維克郡是我通曉事物後最先認識的世界。如果你的第一棵聖誕樹是棵枯萎油加利樹，又經常得忍受燠熱和飛沙，於是當你的想像力開始萌芽時，突然發現自己身在安靜詳和的沃維克鄉間。童年記憶，使我對於英格蘭中西部的鄉村生活產生特殊的眷戀，午夜夢迴，常浮現那清澈的流水、柔綠的榆樹，以及樸實的農夫農婦。」

迄今尚存的薩瑞霍磨坊在托爾金心中留下長存的記憶：「道地的老磨坊，兩組磨小麥的石磨嘎嘎作響，大池塘內天鵝悠游，中間淺洲一處，綴滿繁花。鄰近散落古拙農屋數間，沿著小溪流下，又有另一間磨坊。」托爾金為形狀凶惡的磨坊主人兒子取個「白色食人魔」的綽號。托爾金和弟弟希拉利按照當時中產階級少年的打扮，留著長髮，因此鄰居孩童都叫他們「娘兒們」。托爾金在一封致友人的信中，提及磨坊老主人以及他兒子嚇壞了小孩，且產生許多恐怖的幻想。另一封信中，他提及「使用機器之前的鄉間歲月」。他認為自己是哈比人，喜歡徜徉花間、樹林和田野；叨一菸斗，享受產自土地的果實，最喜歡吃新鮮多肉的蘑菇；喜歡展現幽默感，雖然他人不能體會趣從何來。此外，他喜歡晚起晚睡，千方百計拖延上床時間，儘可能賴床不起來；而且，像哈比人一樣，絕少出遠門。在《魔戒》中，托爾金描述在哈比屯有一間磨坊，矗立水中央，之後老磨坊被拆除建成磚造屋，污染空氣和流水。

差不多在同一段時間，托爾金心中又興起另一種想像：經常夢見綠色巨浪壓頂而來，造成大洪水。日後，這段想像成為中土世界歷經浩劫的情節。

一九〇〇年，托爾金進入伯明罕新街火車站（*New Street Station*）附近的愛德華國王學校（*King Edward's School*）就讀，學費由父親家族一位男性長輩支付。這時候，梅寶不顧娘家和夫家反對，與姊姊梅一起脫離英國國教，加入羅馬天主教，使得托爾金家的財務頓失依靠，生活更加困窘。於是他們由農莊遷往伯明罕市內的莫斯里（*Moseley*），就在伯明罕天主堂近旁。這間天主堂由若望．亨利．紐曼樞機主教（*John Henry Newman*，*1801-1890*）創建於一八五九年，他以習自牛津大學的豐富學識和毅力，努力振興天主教信仰，這裡也是梅寶的精神殿堂。

莫斯里就在通往伯明罕市中心的道路旁，托爾金上下學非常方便。過一年，他們再度遷居，來到金希斯火車站近旁，這正是托爾金發現運煤車廂上威爾斯地名的地方。不久，他們又遷往愛德巴司頓區（*Edgbaston*）奧立佛路（*Oliver Road*）一處舊屋，只消幾步路就能到天主堂，距離愛德華國王學校也只有兩英哩路。

愛德巴司頓的藍空明顯聳立兩座高塔，一座是貝洛特塔（*Perrott's Folly*），高九六英尺，建於一七六五年，應是伯明罕最古老的建物，另一座是維多利亞水功塔（*Victorian Waterwork*）。有些人認為這兩座高塔就是「中土世界」的高塔，其實一點都不像。不久，托爾金和弟弟離開愛德華國王學校，轉入天主堂自辦的聖斐理伯學校（*St. Philip's*）。一九〇三年，托爾金獲得愛德華國王學校的獎學金，得以重返這所全英格蘭最好的大學預科學校就讀。同年，托爾金首次領受聖餐，皈依母親篤信的羅馬天主教。

由於托爾金的弟弟就讀於聖斐理伯學校的關係，梅寶得以熟識教區神父方濟·沙勿略·摩根（*Francis Xavier Morgan*）。他曾經追隨紐曼樞機主教，隨後成為教區神父，傳承紐曼的教育思維，致力於教導孩童。摩根神父對失怙的托爾金及家人照顧有加，給予關懷和友誼，以及實質的金錢資助。他看兩個孩子經常生病，梅寶又罹染糖尿病，於是協助他們遷入位於沃維克郡內美麗的天主教農莊，時為一九〇四年夏天。數月之後，梅寶過世，摩根神父成為兩個孩子的監護人，一肩承擔起照護責任。他支付兩個孩子的費用，為他們找到新家，還帶他們外出渡假。起初，托爾金兄弟遷往伯明罕市內的舅媽家，合住在頂樓的小房間裡。房內雖然幽暗狹窄，透過窗戶卻能俯瞰各式尖頂房屋，以及遠處的工廠煙囪。

托爾金的記憶裡，慈母梅寶多才多藝、美麗且聰明，備受苦難煎熬，身影帶著淡淡的哀愁。他認為慈母在三十四歲早逝，是因為她的天主教信仰不容於服膺改革宗的親戚，甚至受到「迫害」。對於托爾金兄弟而言，早歲喪父的哀痛，繼之喪失慈母，其悲愴豈能形容？托爾金敘述：「由於母親的教導，激發我對於學習語言的興趣，尤其是德文。此外，她還教我欣賞浪漫故事。」托爾金所說的浪漫故事，指小說和詩，引領他進入感性世界，萌發對於奇幻事物的想像力。

梅寶．托爾金埋葬於聖伯多祿天主教堂墓地。托爾金回憶：「我見證並體會母親承受折磨的英雄式苦難，在貧困中早逝。她引領我進入天主教，並備受摩根神父的慈愛。我從起初便愛上了聖體聖事。」

路易斯的全名是克萊弗・史鐵伯斯・路易斯（*Clive Staples Lewis*），一八九八年十一月二十九日生於北愛爾蘭貝爾法斯特的富有家庭，父親亞伯特・路易斯（*Albert Lewis*）擔任貝爾法斯特市議會以及數個團體的律師，母親為弗蘿拉・奧古司塔，閨姓為漢米頓（*Flora Augusta nee Hamilton*）。這對夫婦都喜歡寫小說，弗蘿拉的作品《羅塞塔公主》（*The Princess Rosetta*）曾經登載在一八八九年的家庭月刊。哥哥華倫・路易斯生於一八九五年六月十六日。小路易斯學會說話不久，即堅持要家人喚他傑西，此後他的密友和家人都叫他傑克。（牛津大學的同事習慣互稱姓氏或綽號，直接稱他為路易斯，稱托爾金為「托勒斯」。）

路易斯的成長經歷，由無神論轉而信奉基督的過程，以及追求喜樂圓滿的渴望，都詳細記載在他的自傳《驚喜》，以及自傳式小說《浪子回頭》（*The Pilgrim's Regress*）。路易斯家庭是但達拉聖公會聖馬可教堂（*Anglicn Church of St.Mark*）的信眾，弗蘿拉的父親湯瑪斯・漢米頓（*Thomas Hamilton*）即是這間教堂的牧師。亞伯特的父親李察・路易斯（*Richard Lewis*）是造船廠股東，對於勞工階級的福利相當關心。

一九〇五年路易斯家遷往貝爾法斯特郊外的小李爾（*Little Lea*），這棟新建的屋子成為路易斯童年生活最重要的一部份。他寫道：

> 那棟新房子在我成長過程扮演重要角色。我可以說是那棟屋子的產物　深長的迴廊，陽光亮麗的空房間，樓上極為安靜，閣樓尖肅穆地伸向天空，遠處傳來貯水槽和水管流水的聲音，以及海風吹拂磁磚的悄語。還有，到處都是書——書房裡，儲藏室，衣帽間，臥室裡，到處都有書，有的整齊置放在落地大書櫃中，有的堆在閣樓裡，高度超過我肩膀。這些書籍代表我父母親隨年齡成長的各種興趣，有些我看得懂，有些則否，有些適合孩童閱讀，有些清楚標示兒童不宜。在書堆中尋尋覓覓，我總確信能找到滿足我的新書，猶如確信在原野中必能發現新種草葉。

路易斯對於喪母之前的童年生活，詳細記述在日記裡。一九三〇年代，華倫將日記編輯出版，書名為《我的生活》（*My Life*），作者則使用路易斯的小名傑克・路易斯。日記裡敘述爸爸是一家之主，展現路易斯家族的特有性格——個性敏感，暴躁易怒。媽咪則如同所有孩子眼中的慈母：「身強力壯、棕髮、美麗，總是在打毛線。」路易斯認為自己和同齡孩子沒有什麼差別：「我和爸爸一樣，壞脾氣、厚嘴唇、體型瘦，常穿運動衫。」

遷入新居兩個月後，弗蘿拉接受一次切除癌症腫瘤的大手術。一九〇八年五月，她帶著路易斯前往拉尼港（*Larne Harbour*）接受後續治療，但是癌細胞並沒有停止肆虐，當年八月二十三日，在丈夫亞伯特的生日，弗蘿拉撒手離開摯愛的丈夫和兒子。亞伯特在這年初甫失去父親，然後失去愛妻，數週後又失去哥哥約瑟夫。

路易斯日後於《驚喜》裡記述這段錐心的經過：「母親的過世，使我生命中的歡樂、冒險和信賴都隨她而逝。或許日後仍有其他的歡愉，卻已失去舊日的安全感。我覺得自己猶如漂流大海中的島嶼，廣袤大陸已永遠沉入大洋。」

托爾金出生前三年，一八八九年元月二十一日，她未來的妻子艾迪絲．伯瑞特

（*Edith Bratt*）生於格洛斯特郡（*Gloucester*）。她的母親法蘭絲（*Frances*）帶著襁褓中的小艾迪絲回到伯明罕，住在漢斯沃茲區（*Handsworth*）。法蘭絲是個單親媽媽，與表哥堅尼．葛魯（*Jennie Grove*）一起將艾迪絲撫養長大。法蘭絲終其一生不曾告訴艾迪絲她的生父究竟是誰，猜測必是一段不堪回首的往事。托爾金和艾迪絲同樣經歷悲慘的童年，偶然相識相戀進而結婚，童年的不愉快對於他們的戀愛和婚後生活造成相當大的壓力和緊張關係。

一九〇三年，托爾金獲得愛德華國王學校獎學金，同年法蘭絲過世。孤女艾迪絲被送往德瑞斯登寄宿學校（*Dresden House School*），在此接受音樂課程，展現她對於鋼琴的喜愛和天份。數年後，她返回伯明罕。

一九〇七年，艾迪絲自寄宿學校畢業，經由法定監護人史蒂芬．蓋特里（*Stephen Gateley*）安排，寄住於伯明罕道權司路（*Duchess Road*）三十七號福克納家（*Faulkner*）。福克納夫人是熱心的天主教徒，與摩根神父熟識。翌年，摩根神父為托爾金兄弟尋找比舅媽家更合適的寄養家庭，選中了福克納家。因此，十六歲的托爾金遇見十九歲的艾迪絲，兩人同住一個屋簷下，成為無話不談的好朋友，以及反抗管教嚴苛的福克納夫人的聯合陣線。沒多久，托爾金愛上身材嬌小玲瓏、有著一雙美麗灰色眼珠的艾迪絲。摩根神父發現這段姐弟戀，一方面擔心托爾金荒廢學業，一方面認為艾迪絲不是天主教徒，並不適合，禁止戀情繼續發展，命令托爾金二十一歲之前不得再與艾迪絲見面。於是，艾迪絲遷出福克納家，回到母親的故居附近，與世交長輩傑梭夫婦同住。不久之後，艾迪絲和沃維克郡的農夫喬治・菲德（*George Field*）訂定婚約。

路易斯慈母辭世數週後，一九〇八年夏天，進入文雅學校（*Wynyard School*）就讀，他的哥哥已於三年前來此就學。路易斯認為文雅學校專制的教育方式令人無法忍受，他的收穫不多，對於知識的熱切渴望無法滿足。他在日記中寫著：「學校裡唯一有趣的事物，是某間教室裡有一片綠色煙囪鐵皮，上面掛著幾個舊鐵罐。」他和哥哥聯合抗對一位歇斯底里的舍監，兄弟之情更加濃密（日後那位老兄被確診為精神病患）。

感謝上帝！文雅學校於一九一〇年夏天關門大吉，九月，路易斯回到故鄉附近的坎培爾學院（*Campell College*）就讀，直到十一月，因為呼吸系統出現毛病而退學。路易斯兩兄弟都有呼吸系統方面的毛病，一輩子不曾痊癒，這恐怕與他倆從小開始偷抽香菸有關。事實上，一九一一年春天，十六歲的華倫鼓足勇氣，請求父親准許他吸菸。路易斯未能通過坎培爾學院的體檢後，跟隨哥哥華倫的腳步，被送往英格蘭中西部的瑪文（*Malvern*），這裡是名聞英國的療養地，尤其有助於肺部有毛病的人。路易斯就近就讀雀寶學校（*Cherbour House*），這是瑪文學院（*Malvern College*）的預備學校，也是哥哥華倫就讀的地方。路易斯直到一九一三年六月才離開雀寶學校，這段期間，他放棄基督信仰，服膺無神論或稱機械論，開始踏入奇幻的想像世界。

托爾金就讀愛德華國王學校期間，一九一〇年，鳩集數個對文學有興趣的同學，組成讀書俱樂部式的社團。重要成員除了托爾金外，還包括吉歐弗瑞·史密斯

（*Geoffrey Bach Smith*）、羅勃・吉爾森（*Robert Quilter Gilson*）、克里斯多弗・韋斯曼（*Christopher Wiseman*）。社團原先稱為茶社（*Tea Club*），後來改為巴洛社（*Barrovian Society*），因為他們聚會的地點就在學校近旁，企業街（*Corporation Street*）上巴洛商店（*Barrow's Store*）的飲茶室裡。社團成員史密斯曾對於托爾金早期的詩作和散文，作成評論。這段期間，托爾金已學會拉丁文和希臘文，並且自行創造發展「密語」。社員們對於托爾金講述的斯堪地那維亞英雄故事以及中世紀英國文學，非常有興趣。

托爾金授權傳記的作者韓弗瑞・卡本特（*Humphrey Carpenter*）指出，社團成員克里斯多弗・韋斯曼和托爾金有廣泛的共同興趣，同樣喜歡拉丁文和希臘文，喜歡玩橄欖球，喜歡在陽光下漫無邊際地聊天。韋斯曼對於托爾金自創密語非常有興趣，他自己則喜歡研究象形文字和古希臘文。

一九一一年，托爾金前往牛津大學就讀，仍然與巴洛社成員通信往來，並且不時聚會，直到第一次世界大戰爆發，幾位好友的聯繫才中斷。巴洛社成員的友誼，對托爾金的性格產生重大影響，使他深切體會「志同道合」的涵義。《魔戒》裡齊心協力的族群，以及他和路易斯堅實的友誼，充分說明了托爾金性格的特點。

一九一一年十月，托爾金進入牛津大學愛克希特學院（*Exeter College*），研習古典文學。一年後，托爾金已能適應牛津百花齊放、諸子爭鳴的熱鬧，發起組成阿波羅史蒂克斯社（*Apolausticks*），社名的意思是年輕奔放的熱情。這時候，約瑟夫．賴特（*Joseph Wright*）擔任托爾金的導師。托爾金在愛德華國王學校就讀時，曾費盡心機買到賴特編撰的《哥德族語入門》（*Primer of The Gothic Language*）。賴特來自約克郡，出身微寒，六歲進入羊毛廠當童工，十五歲開始自學認字，經過漫長的苦讀過程，終於成為牛津大學比較語言學教授。他最重要的著作是六巨冊的《英國俚俗辭典》（*English Dialect Dictionary*）。托爾金在賴特的導引下，學習他童年時代癡迷的威爾斯語和芬蘭語。同時期，他逐漸發展「精靈語言」，其中一種稱為「昆亞語」（*Quenya*），以芬蘭語為基礎，另一種稱為「辛達玲語」（*Sindarin*），以威爾斯語為基礎。

四十年後，托爾金回憶他對自創語言的熱衷，指出，大多數孩童都有自創語言的經驗，只是有些人走得較長較遠，他自己從識字以來就朝這個方向持續努力。一九一三年，托爾金的比較語言學獲得頂級評等，並以班上第二名的優異成績，轉往英文系（*English School*）就讀。這個階段，他研讀西元第八世紀由辛納烏夫（*Cynewulf*）等人撰寫的的押韻長篇史詩《基督》（*Christ*）。數十年後，托爾金指出：「《基督》史詩生動活潑的文字，激發我對於神話世界的想像。」就讀牛津大學期間，托爾金不曾停止對於艾迪絲的思念，隨著二十一歲生日即將到來，對初戀情人的思念更加澎湃。

摩根神父的禁見令殘忍無情，但托爾金將摩根視為親生父親，不敢違拗。此外，他還必須克服艾迪絲已經訂婚的事實，於是，他寫信給艾迪絲，勸她取消與喬治・菲德的婚約，投入前途不可限量的牛津大學生懷抱。托爾金滿二十一歲後，摩根神父不再干涉他的戀愛。托爾金終於在二十二歲那年與艾迪絲訂婚，之前一年，艾迪絲和表舅葛魯以及一隻叫山姆的狗，遷往沃維克郡居住，隨後成為沃維克天主教堂的信徒。

一九一四年八月四日，英國對德宣戰，號召大批青年投入戰場。當年十月開學時，托爾金覺得整個校園空蕩蕩的。次年夏天，托爾金以第一名的優異成績獲得英國文學及語言學位，旋即被徵召入伍，前往蘭開夏郡（*Lancashire*）富西里爾斯（*Fusiliers*）受訓，巴洛社的好友史密斯已先一步來此。一九一六年三月二十二日，托爾金與艾迪絲在沃維克郡的聖瑪利亞（*St.Mary*）天主教堂舉行婚禮，結為連理。

從《路易斯家族手札》裡，我們發現許多有關少年路易斯的生活片段。手札編輯者、路易斯的哥哥華倫說：「路易斯少年時代，已顯現疏懶和孤獨的個性。」手札裡附有一篇路易斯未完成的小說，描述一位住在大宅院的十四、五歲少年，那宅子明顯就是小李爾自家宅第。故事裡的少年在房間角落裡收藏小堆寶藏，覺得孤寂的時候，就到角落與寶藏共處，傾聽細微風聲在屋子裡迴蕩。他的寶藏最主要是一些文稿——有詩歌、劇本和小說，每一頁都是少年的心血結晶。文稿底下則是一些圖畫，線條已隨著歲月模糊，那是他識字以前表達思維的方式。此外，還有彩色筆盒，幼年使用的餐盤，幾本限制級書刊，以及手頭闊綽時才有的香菸。零碎物件組成的寶藏，說明了路易斯的信念：「這些事物表徵我的過往。過往屬於我，而且造就現在的我。」

少年路易斯經由記憶、經驗和文學作品，逐漸發展自己的信念，但他的主觀非常強烈，使他的信念幾近宗教信仰。一九一三年，路易斯獲得獎學金，進入瑪文學院就讀。就學期間，他仔細研讀《洛奇眾神》（*Loki Bound*），這是一本敘述斯堪地那維亞諸神的悲劇史詩。一九一四年四月，路易斯結識了精神上的知己——亞瑟·葛李弗（*Aruther Greeves*，*1895-1966*），他就住在小李爾宅第上方。路易斯在一九三三年時說，除了哥哥華倫，葛李弗是他最親密、最長久的朋友。不久之後，路易斯遭逢生命中第二個重大轉折。一九一四年九月十九日，威廉·科克派翠克（*William T. Kirkpatrick*）開始擔任路易斯的家庭教師，直到一九一七年四月。

科克派翠克自一八七四年迄一八九九年，擔任北愛爾蘭安瑪弗郡（*County Armagh*）鹿根學院（*Lurgan College*）院長，亞伯特·路易斯在一八七七年至一八七九年間，曾在鹿根學院就讀，後來成為科克派翠克的律師。科克派翠克於一八九九年退休後，轉而從事私人家庭教師的工作，他曾輔導華倫考上位於仙赫斯特的皇家軍事學院（*Royal Military College*），繼而全力教導路易斯，希望能助他進入牛津大學。路易斯的《納尼亞魔法王國》系列中的人物迪哥里・科克教授（*Professor Digory Kirk*），正是科克派翠克的化身。路易斯在自傳《驚喜》中敘述：「如果要我說出一個邏輯觀念最完整的人，那人非科克派翠克莫屬。如果晚生幾年，他極可能成為邏輯實證主義者。許多學者認為，人類發展出語言的目的，在於滿足生活需要，而不是為了彼此溝通和尋求真理。科克派翠克認為，這種論調完全顛倒次序，不符合邏輯。最有影響力的言論往往是對於無限上綱的爭辯。」路易斯認為科克派翠克教導他如何思考。

接受家庭教師科克派翠克薰陶的日子，是路易斯生命中最快樂的時光。老師嚴苛的邏輯性要求，使得路易斯的思維快速成長，同時，他也逐漸體會英格蘭的鄉村之美，以及欣賞才華洋溢的作家如威廉・莫理斯（*William Morris*）等。一九一六年四月，路易斯閱讀了喬治・麥克唐納（*George MacDonald*）撰寫的《奇幻世界》（*Phantastes*），興奮地寫信給好友葛李弗，盛讚這本書的魅力：「我實在無法以文字形容，但我隨著書中英雄安諾道斯（*Anodos*）沿小溪前行，進入葉木凋零的森林，耳邊響起葉片化為灰屑的恐怖聲響……然後，宇宙的協奏曲響起。我相信你會同意我的看法。」路易斯在自傳中形容這本書猶如「想像的洗禮」，喚起胸中神聖的感覺，深深烙印在心裡。

一九一六年六月六日，托爾金抵達法國北部的加萊（*Calais*）海邊，七月起加入索瑪會戰（*Battle of Somme*）。這是第一次世界大戰死傷最慘重的戰役之一，巴洛社好友吉爾森在戰事開始的第一天（即七月一日）陣亡。十一月中旬戰役結束時，同盟國只推進了八英里，陣亡六十一萬五千官兵，德軍折損五十萬人。托爾金在戰壕中並無法像若干人以為地寫作。「那完全不可能，」他日後接受訪問時說：「你頂多能在信封上寫幾個字，然後趕緊放進背包裡。大部分時間我們都蹲在壕溝裡，忍受蒼蠅和惡臭。」不久之後，他便得以重拾寫作。一九一六年十一月，托爾金罹患「戰壕熱」，後送回英國。戰場的記憶經常出現在他的作品裡，《魔戒》裡〈穿越沼澤〉章節中描述：慌張前進的山姆突然跌倒，手陷入泥沼裡，立刻彈起，恐怖嚷叫著水裡有死屍的臉孔。咕魯看了哈哈大笑，向他解釋：「這就是死亡沼澤。」因為許久之前曾發生慘烈戰事，許多人類和精靈都掉落沼澤內身亡。對托爾金而言，水中死屍的面孔包括大戰時陣亡的好友——吉爾森和史密斯。

一九一六年十二月三日，托爾金返抵英國，隨即傳來巴洛社好友史密斯身受槍傷，逾日身死。史密斯受槍傷前寫信給托爾金，提及巴洛社四個好朋友的情誼將長續永存，即便他在當晚即戰死沙場。史密斯在信中說：「願上主保佑你，親愛的約翰．羅納多，如果我離開人世，請以我的名為我發聲。」托爾金的三個摯友，兩個死於殘忍的戰爭，這是他撰寫神話故事的重要動力來源，希望表達他們心中的想望。托爾金說：「語言學啟發我對於奇幻小說的喜好，戰爭則加速奇幻文學充滿我的生命。」

一九一七年初，托爾金和妻子艾迪絲以及艾迪絲的表舅葛魯住在史塔弗郡（*Staffordshire*）的大亥烏（*Great Haywood*）地方，他的身體已痊癒，開始著手撰寫《精靈寶鑽》（*The Silmarillion*）。托爾金說：「遠在撰寫《哈比人》和《魔戒》之前，我已開始構思神話世界。」隨即他前往約克郡，短暫住進療養院養病。返回大亥烏後卻動手撰寫另一篇奇幻小說《杜凌突倫巴》（*Túrin Turambar*），根據芬蘭傳說改編而成，後來收集在《失落的傳說》（*The Book of Lost Tales*）小說集裡。《失落的傳說》收集的作品大多完成於一九一六至一九一七年，其中數篇故事並未寫完。托爾金說：「我的創作靈感，猶如飄落塵土的雪花。」

一九一七年十一月十六日，托爾金長子約翰．方濟．羅爾．托爾金（*John Francis Reuel Tolkien*）出生，顯然是根據父親和摩根神父的名字命名，「羅爾」則是托爾金家族命名的傳統。艾迪絲隨即帶著嬰兒遷往鹿司（*Roos*）居住，這個地方就在托爾金服役的軍營旁。艾迪絲給了托爾金構思「長相左右」（*There and Back Again*）的靈感，創作出一則關於精靈露辛（*Lúthien*）和凡人貝倫（*Beren*）的愛情故事。露辛放棄了永生不死，俾能和貝倫結為連理；貝倫則從莫虢斯王的鐵王冠上，砍下具有魔力的希瑪力樹，贏得露辛的愛情。這篇神話具有濃厚的個人色彩，此後托爾金和艾迪絲彼此以貝倫和露辛相稱呼。這個神話故事的概念緣起於托爾金和艾迪絲在鹿司一座小樹叢裡漫步的經歷，在毒蘿蔔叢她對著他起舞放歌。在故事中，露辛第一次遇見貝倫時，正是在毒蘿蔔叢中起舞。一九七一年艾迪絲過世，托爾金在墓碑上刻著「露辛」，後來並且添上署名「貝倫」。

約在托爾金由索瑪戰場被後送的時節，路易斯已滿十八歲，獲得一項獎學金，進入牛津大學的大學院（*University College*）就讀，直到一九一七年四月二十六日。第一次世界大戰期間，英國政府並沒有徵召愛爾蘭人入伍，但是路易斯自動請纓，進入牛津科伯學院（*Keble College*）接受軍官養成教育。科伯學院的新室友也是愛爾蘭人，名叫帕帝・摩爾（*Paddy Moore*）。摩爾的母親婚姻生活並不愉快，因此離開愛爾蘭，原本帶著帕帝和他的妹妹莫玲（*Maureen*）住在伯列斯特，帕帝入伍後，摩爾夫人帶著莫玲遷來牛津，就近彼此照顧。

路易斯和摩爾夫人於一九一七年六月首次見面。三個月後，九月二十五日，路易斯接獲派任，編入索馬賽特輕裝師第三營，就在他十九歲生日前後，隆冬十一月，抵達戰爭第一線索瑪峽谷。這年莫玲只有十一歲，她回憶：「我哥哥前往法國戰場前，曾對路易斯說：『如果我戰死沙場，你願意照顧我的媽媽和妹妹嗎？』」莫玲也記下她對路易斯的第一印象：「非常瘦，但是很帥，很多話。」我們不知道路易斯對莫玲印象如何，只知道他深深被摩爾夫人吸引。父親亞伯特．路易斯對此非常介意，一度造成父子關係緊張。

一九一八年元月，路易斯因為戰壕熱病被送往法國當地的醫院治療，二月重返行伍，根據路易斯的說法，此後的日子非常平靜，直到德軍發動春季大攻擊。這是第一次世界大戰期間最血腥、最慘烈的戰役，路易斯一直都在最前線，他回憶：「恐懼、寒冷、爆炸和煙硝，斷手斷腳的人像甲蟲一樣在地上蠕動，到處都是直立著和坐著的屍體，荒蕪原野寸草不生，日以繼夜穿著的鞋子彷彿黏生在腳上。」激戰期間，路易斯曾一次逼降六十名德軍，成為他的戰俘。四月十五日，路易斯遭同袍誤擊受傷，部分槍彈碎片一輩子都留在他身體內。後送英國治癒槍傷，路易斯十月再度返回崗位，直到一九一八年十二月終戰退伍。這時候，他才知道好友帕帝．摩爾已在法國陣亡，遺體葬在異鄉，留給路易斯一個待實踐的承諾。

托爾金自法國戰場回國後，身體狀況時好時壞，幾次瀕臨喪命的邊緣。趁著身體狀況好的時候，他寫就《精靈寶鑽》的前幾章。事實上，《精靈寶鑽》的情節在一九三〇年之前已完成構思，遠在撰寫及出版《哈比人》和《魔戒》之前。《魔戒》故事中若干事物和情節，都取材自《精靈寶鑽》，譬如宏偉城市的毀滅，久遠前的戰爭，源自遠古奇怪但美麗的名字，以及精靈寶劍等。

科幻小說作者常使用似真若假的新型科技來鋪陳故事，托爾金則使用淵博的語言知識鋪陳奇幻世界。他在少年時代分別以威爾斯語和芬蘭語為基礎，建構兩種精靈語言，接著，他根據精靈語言創設歷史背景和地理格局，以及使用這種語言的群體。托爾金解釋，他必須先建立原始精靈人的語音基型，然後逐步發展成可以使用的語言，因此，精靈語言自有其特性和結構，和人類語言不同。

除了語言之外，托爾金認為熱情是神話和奇幻故事的基礎，他並在一封信中提及：「歷史和奇幻故事都必須有英雄傳說。」不論在語言領域或想像世界，他鍥而不捨地追求「真實的，有音調高低的事物」。神話、奇幻小說和古文字，持續激發他的創造力和想像力，使他得以創造精靈語言並完成《精靈寶鑽》的情節構思。他仔細蒐集歐洲西部和北部的語言，分辨其中的音調和特質，希望能納入精靈語言，並形成作品的特色。

托爾金認為自己在戰爭期間完成的作品，譬如《宮道林大城的毀滅》（*The Fall of Gondolin*）猶如神來之筆的作品，而不是精心創作的成果。托爾金終其一生都有上帝假手於我創作的觀念，《精靈寶鑽》的初稿就是在這種心態下完成，雖然遲至一九七七年托爾金死後才出版問世。事實上，其中的神話、歷史和中土世界的面貌，都是在第一次大戰期間已具備架構，散見於他眾多未完成的作品，嗣後他只是陸續修改敘事細節。

隨著戰爭結束，托爾金的身體逐漸康復，為了維持家計，他必須找一個工作。托爾金很快地獲得聘用，負責編輯牛津英文字典的W字首部分，立刻舉家遷往牛津區聖約翰街五十號，時為一九一八年十一月。編輯的薪水微薄，又常有學生來家裡拜訪，托爾金發現入不敷出，得在家裡收些學生，只好再遷往阿弗瑞德街（*Alfred Street*）一號（這條街現在已改名為樸希街*Pusey Street*）。家教學生的束脩已夠家用，編輯字典的工作終於在一九二〇年底前打住。這年十月，托爾金的次子麥可．希拉利．羅爾．托爾金（*Michael Hilary Reuel Tolkien*）出生。同年的聖誕節，托爾金首次為自己的孩子們寫《聖誕老公公的來信》，此後他每年固定寫一封信，並親筆繪製插圖。

一九二一年，托爾金獲得里茲大學（*University of Leeds*）聘書，擔任英國文學導讀的助教職務。於是舉家遷往里茲大學附近，先租用紐曼樞機主教姪女的屋子暫住，數月後遷往校區近旁的馬克斯平台街（*Marks Terrace*）十一號。

時間往後推進至一九五九年，托爾金在他的退休演講中，回憶牛津大學的學生時代和青年學者時期：「我無法忘記學院生涯中的特殊時刻：記得恩師賴特家的餐桌十分碩大，我坐在一頭，藉著遙遠窗玻璃透進來的光線，苦讀希臘文。曾經在一九一八年退伍失業時，仁厚的威廉・柯瑞茲教授（*William Craigie*）允許我參加牛津英文字典的編輯工作。然後，在字典編輯室中，當我迷失在眾多W字首間，猛一抬頭，第一次見到當代學術泰斗查理斯・歐尼恩斯（*Charles Talbut Onions*），他正低頭察看我這個年輕學徒的工作狀況。接著，我在里茲大學親受喬治・戈登（*George Gordon*）教授的教導。也曾經當場目睹亨利・韋德①教授仿效吟遊詩人咏唱芬蘭古詩歌時，忘情敲碎咖啡館咖啡桌一角。」

托爾金任職里茲大學後，很快地得以和加拿大籍的艾瑞克．戈登（*Eric Valentine Gordon*）合作，編纂《葛溫爵士和綠武士》（*Sir Gawain and The Green Knight*），這是一本中世紀英國小說集，書末並附有詳盡的字詞彙解釋，托爾金相當喜歡這個工作，認為有助於他的語言研究工作。南希．瑪胥（*Nacy Martsch*）臆測：「如果托爾金留在里茲大學，應會繼續和戈登合作，致力於語言學研究；然而事實發展的結果，卻是他離開里茲加入牛津，結識路易斯，在奇幻文學領域大放光芒。」托爾金和戈登合組維京俱樂部，致力於將北歐吟唱詩人的詩篇翻譯成英文。這段期間，托爾金也將英國古詩歌《戰狼》（*Beowulf*）翻譯成現代英文。這些作品，展現了托爾金高超的韻文能力。他未完成的作品《杜凌突倫巴》也展現了同樣的功力。

一九二四年十月，托爾金升等為里茲大學的英國語言學教授，時年三十二歲。次月，托爾金的第三個兒子克里斯多弗．羅爾出生（*Christopher Reuel*）。艾迪絲懷孕和生產期間，托爾金負責講床邊故事給長子約翰聽，哄孩子入睡，埋下日後創作《哈比人》的種子。

托爾金在里茲大學以及日後在牛津大學的授課內容，大抵以語言學為主。湯姆・希珮（*Tom Shippey*）認為，托爾金的作品是語言學和想像力相互激盪的成果。路易斯的好友歐文・巴菲德（*Owen Barfield*，*1898-1997*）說，路易斯喜歡讓想像奔馳，托爾金則熱愛語言學。

一九二五年十月，托爾金獲聘為牛津大學盎格魯薩克遜羅林森包斯沃斯教授（*Rawlinson and Bosworth Professor of Anglo-Saxon*），依照慣例，他也成為牛津成員之一，獲得潘布洛克（*Pembroke*）席位。這段時期，牛津英語學系尚在草創階段，只有三個席位，其中一個是盎格魯薩克遜教席，由托爾金自一九二五年至一九四五年膺任；另外兩個分別是語言講座教席和文學講座教席，托爾金自一九四五年至一九五九年退休期間，擔任語言講座教席。他的學術生涯與他自創語言、歷史和族群的想像世界併行。托爾金自敘，他嘗試創作英格蘭神話，但他確實也嘗試創造英語的神話。

教授席位並非由學院決定，而是由大學聘任，因此職責繁多。托爾金必須定期對大學部學生演講，規定每年約三十五場，但托爾金通常超過這個數字，還負責指導數個研究生，以及發表研究報告。托爾金發表的報告不多，他似乎寧願將時間貢獻給年輕學子，並且對學生非常有耐心。

一九一九年二月份的瑞維勒（*Reveille*）月刊登載了路易斯的小說《戰死沙場》（*Death in Battle*），這是路易斯的作品第一次刊載在學生刊物以外的媒體。次月，他又以亡母的閨姓為筆名，發表《永結同心》（*Spirits in Bondage*）。退伍之後的路易斯，自一九一九年元月至一九二四年六月，重返牛津大學校園繼續學業，他的成績非常優異，一九二〇年希臘和拉丁文學第一名，一九二二年哲學和古代史第一名，一九二三年英語第一名，同年獲得英文論文校長獎。

路易斯實踐對於亡友帕帝·摩爾的承諾，承擔起照顧摩爾家人的責任。他為摩爾夫人和莫玲在牛津區租了一棟房子，一九二一年六月，自己也遷去同住，形同一家人。路易斯和摩爾夫人的關係究竟是母子情還是姊弟戀，或許永遠不會有答案。路易斯暱稱摩爾夫人「薄荷糖」，因為她最愛吃薄荷糖。莫玲記得路易斯的專注力很強，用功時總是心無旁鶩。莫玲每天練五個小時鋼琴，路易斯就在同一個房間內讀書，一點也不受影響。根據莫玲敘述，母親自哥哥帕帝陣亡後，幾乎足不出戶，對於家事、女紅和園藝也提不起興趣。

自一九二四年十月至翌年五月，大學院教師卡立特（*Edgar Frederick Carrit*）前往美國，由路易斯暫代哲學導師的職位。然後，一九二五年五月二十日，路易斯獲聘牛津大學瑪格大倫學院（*Magdalen College*）教席，擔任英國語言及文學導師。他的父親接獲消息，欣喜若狂。當時的情形記載在亞伯特·路易斯的日記裡，轉述如下：接近晚餐時刻，管家走進亞伯特的書房，告知郵電局打電話來。亞伯特拿起電話，獲知有一通給他的電報。「唸吧！」他說，於是電話另端傳來電文：「獲聘瑪格大倫教席，傑克。」亞伯特向郵電局人員千恩萬謝，踉蹌爬上樓梯，走進兒子的房間，興奮流下眼淚。他屈膝跪倒床邊感謝上帝：「祢聽到我的禱告，給了我應答！」

路易斯獲聘瑪格大倫學院教席的同時，也加入牛津英文系。同年，托爾金獲聘擔任該系盎格魯薩克遜羅林森包斯沃斯教授。

① *Henry Cecil Wyld*，托爾金即是接替他擔任莫頓學院英國語言及文學教授

Chapter Two

心靈交會的火花

(1926～1929)

一九二六年五月十一日，星期二，不列顛爆發了國史上最大規模的罷工，事實上工潮自一週前已開始各地串聯，像滾雪球般持續擴大。

全國性罷工的主要原因，是因為礦工不滿礦主降低工資、延長工時，相互對立的情勢由礦場擴展至家庭和街頭，延伸至整個社會。資本家的一方，還加上白領階級、牛津大學生、律師、股票經紀商聯合起來抵制工潮，揚言將接手癱瘓的鐵公路交通。許多國民連署加入志願民兵，似乎料準社會秩序會有一場大撕裂。階級對立的情勢緊繃，階級戰爭一觸即發。財政大臣溫斯頓．邱吉爾（*Winston Spencer Churchill*），代理英國官報（*The British Gazette*）緊急應變小組總編輯，主張官報只能刊登政府認可的消息，拒絕刊載坎特培理大主教蘭道．戴韋森（*Randall Davidson*）的呼籲和平文稿，並將罷工工人貼上「敵人」的標籤，更激化對立情緒。

路易斯發現無法自外於這場全國性的激情。在摩爾家、也就是他自己家的餐桌上，摩爾夫人慷慨激昂，發表對於罷工事件的看法。路易斯表面上淡然以對，心中卻對這次工潮反覆思索。他認為「薄荷糖」（摩爾夫人的暱稱）的激烈言論只是試探性的引言，如果他不加以反對，街頭的激情將不至於蔓延至家裡。

用完餐走出家門，罷工的陰影仍然縈繞心頭。走在倫敦路上，平時這裡巴士往來頻繁，路易斯通常都搭二號公車，直抵他任職已一年的瑪格大倫學院。但是今天情況不同，受到大罷工的影響，路上沒有巴士，他只好以步代車，慢慢向前走。路易斯原本希望能儘早回家吃午餐，但是一個學生來找他，接著又來了一個。話題立刻轉到罷工上頭，一名學生強烈支持大主教的訴求。路易斯好不容易回家用餐。

這天下午的主要行程，是參加莫頓學院（*Merton College*）四點鐘開始的下午茶討論會，由英文系主辦。路易斯期望茶會將討論當前的問題，因為英文系是一個新部門，教授們的意見將對未來發展方向形成重大影響。這年英文系只有三個講座教席，托爾金是其中之一。路易斯希望能和他就罷工事件溝通看法。

接近四點鐘時，路易斯走過瑪格大倫橋，疾走穿越植物園，左轉進入莫頓學院的茶會室，已有數名教授和導師在場，包括喬治．戈登及托爾金在內。托爾金身材瘦削，身高比路易斯略矮一些，但看起來年齡似乎差不多，服裝整潔，說起話來像放連珠炮，得仔細聽才不至於漏失。路易斯對托爾金的第一印象是「一個弱不禁風、穩重而滔滔不絕的小個子。」

茶會討論的內容完全與社會動盪無關，只涉及英文系本身的問題。托爾金好不容易才把發言內容集中於課程編排，但是他卻無法暢所欲言。路易斯對這個議題相當有興趣，托爾金似乎希望英文系的課程是語言和文學的結合。

會後，路易斯試探性地問托爾金幾個問題：對史賓賽有什麼看法（路易斯欣賞的作家之一）？托爾金說，因為風格的問題，他無法卒讀。對於英文系語言和文學課程的聯繫有什麼看法？托爾金想了一下，說：「語言是英文系的真正內容。」，更糟的是，托爾金又添足一句：「所有的文學作品，都是為了娛樂三十至四十歲的男人。」還說：「我們這些傢伙要夠誠實，就該投票表決讓英文系關門大吉——不過，似乎一點小小動作就能讓各位老師們開心的了。」路易斯在日記裡下結論：「這傢伙沒什麼大不了的，三兩下就可以搞定。」

牛津英文系獨立成系未幾，尚在嬰兒期；對手劍橋大學英文系同樣羽翼未豐，兩者的發展路線不同，數年後差異明顯擴大。托爾金希望英文系的教學能夠語言與文學並重，他追求的是古早年代的知識，這個領域的知識是他和路易斯的共同興趣。另一方面，希望學系內能自然而然形成一種風氣，即具有語言學訓練的導師和教授同時也是文學創作者。

一九二九年底，托爾金和路易斯初次見面三年後，路易斯支持托爾金提出的英文系課程改革方案，一方面使語言和文學相結合，一方面廢止一八三〇年代其後文學作品課程。後者的理由是，學生們對前世代的文學作品相當熟悉，而且已有定論，不需要教授多費唇舌講授，節省下來的時間，可以運用在之前被忽視的課程，如字義的變遷，如古代神話，或中世紀奇幻作品。路易斯晚年敘述托爾金和他的共同觀點：「如果你跟著流行走，支持某派顯學，試問它能榮顯多久？——如果你批評我的品味已經過時，要不了多久，你也將遭受同樣的批評。」

二十世紀初年，唯心論在英格蘭的哲學領域貴為顯學，尤其是在路易斯開展學院生涯的牛津大學。路易斯的同僚、當代哲學家約翰．馬伯特（*John Mabbott*）指出，牛津大學在那個階段處於智識孤立狀態，他在牛津回憶錄中寫道：

> 我們發現，牛津哲學是近親交配的產物，和劍橋大學、歐洲大陸學派以及美國學派都沒有接觸。牛津哲學家們傳承黑格爾唯心論，歷經數位蘇格蘭學者過濾修正，自成一格。若干爭論不過是唯心論學者們的相左意見，譬如真實是精神上的，因此萬事萬物是心靈的產物？或由心靈決定？隨後，近世的唯心論者又提出新的論證，主張智識和感官的客體獨立於心靈之外。

唯心論和基督教有密不可分的關係，至少他們同樣反對稍後興盛的機械論。路易斯後來在《神蹟》（*Miracles*）也對機械論大加撻伐。唯心論者基本上認為物質客體不能獨立於心靈而存在，也就是說，物被心靈知覺才能存在。唯心論者主張，上帝的心靈和人類的心靈是同質的。路易斯初任牛津教職時是個無神論者，竭力反對唯心論。他了解的當時的機械論的觀點是：「每一件事或物都有它在天地宇宙間的位置和作用。」他認為：「大自然是一場完整的秀。」路易斯對於機械論的觀點展現在他的作品，如《永結同心》等。因此，路易斯和托爾金初次見面時，兩人的基本觀點迥不相侔。托爾金自幼篤信天主教，偏向老式的超機械論。

一九二〇年代的牛津大學，不僅哲學研究嚴重受到十九世紀思潮的羈絆，其他領域的狀況也差不多。語言學就是其中最顯著的例子，課程仍然偏重於文字的歷史演變和比較研究，能夠著重駕馭語言能力的只有托爾金一人。路易斯逐漸認同托爾金的努力方向，欣賞他致力寫作奇幻故事，分享他對於語言的熱情，尤其是在路易斯信仰基督之後。有一次，兩人甚至計劃合寫一部語言學方面的著作，但始終未付諸實施。

托爾金主張「語言是人類智識的基礎。」在他一九三〇發表的論文《牛津英文學派》明確指出，以訓詁學或文學的角度來了解藝術作品的方法都不免失之偏狹，尤其是古代作品，因為與當代文化差異大，更難解讀。唯有透過語言學，才能深入作品的精神，彌補上列兩項方法的不足。湯姆．希珮指出，托爾金以語言學觀點來了解文學作品，並且以語言學觀點從事創作。這種情形和兩位十九世紀的德國語言學家雅各．格林（*Jacob Grimm*）以及威廉．格林（*Wilhelm Grimm*）兄弟相似，他們不但是傑出的語言學家，也是傑出的文學家。

回顧二十世紀學術界，橫掃一九二〇年代的顯學非心理分析學派莫屬，這門由佛洛伊德（*Sigmund Freud*）首創的學派，牛津學者稱為「新心理學」，路易斯在《浪子回頭》書中對其開山鼻祖佛洛伊德多所貶斥。路易斯的長篇敘事詩《戴瑪》（*Dymer*）出版於一九二六年，於一九五〇年再版時，作者寫序說明寫作背景：「那個年代，新心理學在牛津學術圈逐漸彰顯，使當時年輕的我覺得必須致力擺脫青少年時期的陰影，並且認為我們嚴重受到心中熱情和想望的操控。」

受心理分析學派的影響，熱情成為不真實和可捨棄的。於是，新文學批評與起，由劍橋大學艾佛．李察司（*Ivor Armstrong Richards*）領軍，重建文學批評的準繩和方法，經典著作於二〇年代陸續問世，影響深遠。李察司和佛洛伊德一樣，都是機械論者，將哲學領域的實證主義運用於文學批評，將藝術價值（譬如美）數量化。李察司認為，文學的價值可以度量，標準則是作品滿足讀者感官或想望的程度，文學語言是主觀且情緒的，與描述客觀世界的語言有別。李察司的觀點在學術圈引起激辯，學者們熱烈討論文學語言如何創造特有意義？與實證主義觀點下的普通語言有何區別？

一九二二年，路易斯和他的好友、牛津大學華德漢學院（*Wadham College*）的大學部學生歐文・巴菲德開啟大論戰，對巴菲德而言，這是一場「密集的哲學觀點溝通」，對路易斯而言，則是「持續不斷的爭論，有時用文章，有時面對面，歷時數年。」論戰延續近十年，最後巴菲德服膺「人智說」，相信透過精神修養可以認知靈界，路易斯則放棄無神論信奉基督，論戰終於畫下句點，時為一九三一年。當時爭論的焦點為：想像的特質是什麼？詩意內觀的地位為何？論戰過程治癒路易斯對近期文學作品的偏執，反而厭惡當代文學；巴菲德則斬獲豐富，將論戰心得寫成《詩語》（*Poetic Diction*），成為他最重要的著作。

路易斯認為，他那個時代的最大迷思是進步，人們相信變動自有其價值。遇到巴菲德之前，他深深為這個迷思吸引，至少智識上如此。路易斯指出，經由這個迷思的導引，人們致力於斬斷與過去的聯繫，也因此喪失了觀察當世代優點和缺點的平台。他在自傳《驚喜》中說明：

巴菲德簡化「盲目趕時髦」的意義，我真正的意思是指責他毫不思辨地接受當代流行思潮，並且認為不流行的思想必然是不好的。我認為，我們必須找出一項思潮風光不再的原因，是否因為被駁倒？如果答案是肯定的，再進一步追問，被誰駁倒？新論點是什麼？還是純粹因為退流行而風光不再？如果答案是後者，表示這項思潮並沒有真假對錯問題。明白這層意義之後，我們必須了解，我們的時代，就像歷史上的眾多時代一樣，有它的特定迷思，潛藏在每個人的思維底部，根深柢固，沒有人敢挺身攻擊，或根本不察覺迷思的存在。

路易斯和巴菲德論戰的結果，不僅他「盲目趕時髦」的觀點被駁倒，秉信已久的物質論觀點也崩潰。如果物質論講得通，知識變為不可能！路易斯屏棄物質論的過程是自己駁倒自己，他於一九二四年閱讀巴霍（*Arthur James Balfour*）的《有神論與人本論》（*Theism and Humanism*）之後，推翻自己的舊思維，雖然他當時不贊成書中的基督信仰結論。論戰結束之後，巴菲德曾開玩笑似地對朋友說，在論戰過程中，路易斯教導他如何思考，他則教導路易斯該思考哪些問題。顯然地，路易斯受過科克派翠克的嚴格邏輯訓練，思考過程非常嚴謹，巴菲德受益良多。相對地，巴菲德教導路易斯發揮想像力，與他的嚴謹思維相結合。巴菲德說：「整個過程進展非常緩慢。」

巴菲德於一九二一年獲得碩士學位後，繼續研究工作，日後提出的論文就是《詩語》。他並於一九二五年出版童書《銀號角》（*Silver Trumpet*），獲得托爾金嘉許。一九二六年再出版《英文字辭歷史》（*History in English Words*）。托爾金和路易斯兩人都深受一九二八年出版的《詩語》的影響。

巴菲德認為，人類的意識呈現進化現象，想像力是進化的關鍵因素。語言和知覺的變遷反映意識的發展。意識原本是一個整體，如今卻支離破碎，但是巴菲德相信，有朝一日，人類必能達臻廣袤且豐富的意識，使精神力量與大自然融合。巴菲德的觀念，轉化為最原始的內觀，觀察詩歌語言的自性，表現於《詩語》中，展現詩歌語言的自性，並揭示字詞如何表徵古老而具整體性的知覺。路易斯受這些觀念的啟示良多。

《詩語》揭示人類如何獲得知識，指詩歌扮演其中關鍵角色。巴菲德認為：

「個人想像力猶如觸媒，使知覺提升為知識。」詩的脈動與個人自由有密切關聯「想像力的運作乃個人心靈發揮它的絕對整體性。」巴菲德說，或者我們選取另一個觀點，認為知識就是力量，用來「錯認效率而非真義」，其結果將導致制約式的偏好。他詳細比較知識即力量以及知識即參與兩個觀點。前者「觀察事物而後加以利用」，後者「有意識地參與其中」。適當的想像力是「具體的思考」、「察覺事物的相似點，追求整體性。」因此，有意義的語言必然包含詩歌要素。根據這些論證，巴菲德駁斥當時逐漸興起的思潮，否定科學研究是獲臻知識的唯一方法。

一九二五年，托爾金初任牛津大學盎格魯撒克遜教席時，詩人奧登（*W.H. Auden*）也進入牛津大學部就讀。奧登對於古代英國文學相當有興趣，尤其是北歐神話，與托爾金可說是志同道合。日後，托爾金撰寫《魔戒》時，受到奧登極多鼓勵。他不僅時常與托爾金以書信或面對面討論，還撰寫評論推薦，並挺身駁斥反對者的貶評。韓弗瑞·卡本特撰寫的《奧登傳》，有一張奧登專心閱讀《哈比人》的照片，拍攝於一九四〇年代。

托爾金有些許舞台天份。一九一一年他就讀愛德華國王學校時，因為學校裡清一色是男生，曾粉墨登場扮演一個婦人。後來，有一位朋友用早期錄音機，錄下他朗讀自己詩作和《魔戒》的過程，發現居然具有戲劇般的效果。由於托爾金經常演講，他很快地發現，在開場時朗讀英文古詩《戰狼》（*Beowulf*），效果宏大。因為詩篇裡古英文的「傾聽」一詞（*Hwaet*），乍聽之下很像英文「安靜」（*Be quiet!*），足以懾服新鮮人。奧登更因為這詩篇，開始親近托爾金：

我參加一場演講會，主講人是托爾金教授。那次演講的內容，我一個字也記不得，中途，他隆重地朗誦《戰狼》其中一段。我瞠目結舌，立即愛上這詩篇。此後，我努力研讀盎格魯撒克遜語，以領悟這篇詩的真義，總算皇天不負苦心人，我終於能結巴朗誦《戰狼》。盎格魯撒克遜詩篇和中世紀英詩作，深切影響我的創作。

一位加拿大籍研究生對托爾金的演講，也有深刻印象：

我永遠記得，他優雅從容地走進來，衣袍整齊，頭髮潔亮，然後，開始大聲朗讀《戰狼》——彷彿他親身遭遇詩篇裡的恐怖與危險，令我們毛骨悚然。就他擔任的教席而言，他還算是年輕，也還沒有因為《哈比人》和《魔戒》揚名文壇，但演講會場擠滿聽眾。我也曾選修他的一門討論課，他是個好老師，笑容滿面、斯文有禮且待人客氣。

著名的推理小說家麥可．英尼斯（*Michael Innis*）也是托爾金的學生，他說：「托爾金使演講廳成為宴會廳，然後他扮演吟唱詩人，我們則是享受盛宴的賓客。」

路易斯於一九二五年五月獲聘為瑪格大倫學院的英國語言與文學導師，首任聘期五年，但一直任職至一九五四年。他擔任學院的導師，但必須開設跨學院的課程，由全牛津大學的學生自由選修。一九二六年元月二十三日，路易斯在英語系開授「十八世紀浪漫主義先驅作家」，他原本計劃以詩人和詩作為主，準備一段期間後，發現有位同事也預備開設這方面的課程，臨時急轉彎，改為以他較不熟悉的散文為主。當年秋天，他開設每週兩次的「文藝復興時代的英國思想家（虎克*Hooker*、培根*Bacon*等）」，並計劃一年後開設「《玫瑰的故事》（*The Romance of the Rose*）及其後繼者」，後來即彙整成為《愛的隱喻》，於一九三六年出版。

路易斯常與父親書信往來，他在一封信中提及授課方式，表示他也開哲學課程，但運用文學課程的方式教學。他說，他計劃以十二次演講授課的方式進行，但他不想寫下全部演講文稿，只寫摘要，因為在課堂上頌讀文稿，學生們會打瞌睡。路易斯自開始授課即重視教學方法，強迫自己以談論方式取代頌讀。

路易斯因為奇幻文學聲名大噪，掩蓋了他哲學領域的成就。路易斯早年曾教授哲學，許多同事都知道他對哲學有濃厚興趣，事實上，他與巴菲德的大論戰，即是一場高水準的哲學辨證過程。根據路易斯的日記，他與托爾金初次見面不久後，即一九二六年五月十二日，在牛津首間女子書院瑪嘉烈堂（*Lady Margaret Hall*）為數位女學生開設哲學課程。路易斯注意到學生們對柏克萊主教（*Bishop Berkeley*，*1685-1753*）的思想有濃厚興趣。柏克萊認為，所有的存在獨立於上帝的知覺之外。

路易斯也向他們解說當代哲學家薩繆爾．亞歷山大（*Samuel Alexander*）的思想。亞歷山大嚴格區分滿足與喜樂，認為前者是旁觀式的知覺和感覺過程，後者是參與式的感覺和知覺過程。重點在於知覺的運作，一種是自覺，即專注於自身的情緒、感覺和經驗，一種是自身融入他物和他人。這兩者的區別對路易斯愈來愈重要，事實上，亞歷山大的觀點已摧毀路易斯的物質論。得天下英才而教之，一樂也。其中一位女學生瓊恩、柯本娜（*Joan Colbourne*）能了解滿足與喜樂的區別，路易斯相當高興。另位女學生說他想了解「自我」究竟是什麼？柯本娜答說：「就好比說，你想瞭解你的眼睛，於是把眼睛挖出來仔細瞧——於是，它不再是眼睛了。」

二○年代中期，數位牛津年輕教授組成哲學研討俱樂部，路易斯積極參與。俱樂部名為「小小茶會」（*Wee Tea*），其來有自。蘇格蘭有若干自由教會，獨立於英國國教之外，自稱獲得「小小自由」（*Wee Free*）。約翰．馬伯特對小小茶會的成立和活動內容記述如下：

資深教授們有一個哲學討論茶會，每星期四下午四點聚會，出席者可以自由提出議題討論。我們年輕教授也獲邀參加，覺得這是一個友善且沒有輩分差別待遇的聚會。但是，就討論會的形式而言，有其缺點。下午茶時間並不是嚴肅的哲學時段。此外，成員們都到齊時，已經四點一刻或四點半，而年輕教授的課程往往被安排在五點至七點，因此到了四點五十分時，我們就必須離場，趕往學院授課。

於是，我們年輕教授自組一個聚會。我們認為晚上是最理想的思考時段，而且，為了討論順利進行，人數必須加以限制，最後眾人同意只限六個人。為了避免奢華，晚餐限定只有三道菜，而且只供應啤酒，不喝烈酒。（由於沒有罰則，晚餐規則不久即遭破壞。）——路易斯對聚會非常熱心，提供不少協助，但他逐漸將討論議題延伸至英國文學、神學和科幻小說。

我們認為聚會內容無須正式紀錄並向外公開，而是每個人隨性自行寫筆記。小小茶會的成員原本已相互熟悉，瞭解彼此的興趣和思惟方法，因此討論過程相當活潑有趣、坦白且友善。——我確信，如果沒有這個聚會，成員們發表的學術論文將不會如此周延……

文學評論家威廉．安普森說：「路易斯是他那個時代最優異的讀書人，博覽群擊，過目不忘。」他喜愛書本的個性，非常適合教書和當學院導師，並使他具有廣博的知識、豐富的想像力和範圍廣泛的著作。他的作品包括文學批評、科幻小說、童書、聖經文學以及護教文章。路易斯也常說，大量閱讀使他受益良多。

打從孩提時期，路易斯就是一個貪得無饜且精挑細選的讀者。長大以後，他更公然反對「少量精讀」的精讀主義。終其一生，路易斯都同時堅持廣泛閱讀和嚴選書籍兩項原則，反映在書信和日記裡。少年時代「滿是書籍的屋宅」深切影響路易斯，他在自傳中說：「書籍幾乎成為我人生中的一個角色。」

愛好閱讀的習慣，使路易斯自研究生時代開始，幾乎以圖書館為家。牛津大學伯來恩圖書館（*Bodleian Library*）成為他生活和工作的重心，甚至情感的寄託所在。他在一封致父親的信中說，他一早上在伯來恩圖書館看書，舒服地在沙發上抽香菸，這裡真是世界上最令人愉快的地方。

文學評論家海倫．嘉娜（*Helen Gardner*）也注意到路易斯的閱讀習慣，她說：

對路易斯而言，世界上沒有「不可讀」的書，每一本書都值得讀。在韓福瑞公爵圖書館（*Duke Humpery Library*），我曾坐在他對面，看他悠遊於巨冊書頁之間，神情專注，彷彿他周圍築起靜肅的圍牆。

路易斯的對久遠年代的著作興趣較濃厚，他在牛津開授的課程也以一八三〇年代以前為主。路易斯認為，自希臘時代開始，至現代主義興起之前的作品，相互纏繞編織成千禧巨篇，彼此關聯輝映。閱讀，較之於知識辯難和友誼，更能豐富心靈和想像，滋潤生命。閱讀助他認識世界，因此，經歷戰場恐怖的血腥那當兒，他心想的是：「這就是戰爭，希臘詩人荷馬筆下的戰爭。」

一九二六年初，托爾金獲聘牛津教職之後，全家由里茲遷往諾摩爾路（*Northmoor Road*）二十二號，位於牛津市中心稍北的郊區，由此到潘布洛克學院非常近。附近繁忙的十字路口名為聖馬丁，因為左近就是建於十四世紀的聖馬丁教堂（*St.Martin Church*）。托爾金的大兒子約翰和女兒璞麗希拉說：「在班伯理路（*Banbury Road*）上，常見到父親騎著超高座腳踏車來去，經常戴著學院帽，穿著學院袍。」

艾迪絲已逐漸習慣教授妻子和孩子們的媽兩個角色，在家事雜務中打轉。基本上，托爾金和艾迪絲各有生活園地。托爾金的世界是書房，以男性為中心的牛津校園，以及嗣後與路易斯的密切交往，自一九三三年開始，又有吉光片羽社的好友們為伴。但是托爾金每年都帶著全家赴外地渡假，足跡遍及全英國。有一張全家福照片拍攝於渡假期間，托爾金跪在沙地上，快樂地和孩子們一起堆城堡。

托爾金的弟弟希拉利在牛津西向不遠、母親故鄉處，買下一個小花園農場。希拉利離開學校後，曾在姨媽家的農場幫忙，一九一四年被徵召入伍。他的農場就在一個無尾巷底，兩兄弟往來非常方便。

托爾金和艾迪絲的第四個孩子是個女兒，生於一九二九年，取名璞麗希拉·瑪莉·羅爾·托爾金（*Priscilla Mary Reuel Tolkien*）。隔年，托爾金家遷往隔壁諾摩爾路二十號，托爾金終於有了自己的書房。孩子們說：「那裡是整棟屋子最有趣的地方，四周從地板到天花板都是書，還有一個黑色大壁爐，那是每天驚悚劇的發源地。父親每天一早起來就點燃爐火，堆上薪柴，然後專心看書寫作，沒多久，我們就會聽到鄰居或郵差叫嚷，失火了！因為大量黑煙從煙囪裡冒出來。」常有導生造訪托爾金家，接受導師指導。

路易斯自一九二二年開始寫日記，記述生活所思所得。日記選輯於一九九一年出版，書名《回首來時路》（*All My Road Before Me*），副題為「路易斯日記，一九二二至一九二七」。書名取自於路易斯的長篇敘事詩《戴瑪》中的詩句，選錄的內容大都與摩爾夫人有關。事實上，路易斯經常朗誦日記內容給「薄荷糖」聽。因此，巴菲德讀了書，驚訝地發現，日記內竟然沒有他與路易斯大論戰的記述。日記內生動敘述路易斯的日常生活，以及天氣、散步、閱讀的書籍和寫作情形等，也提及對於是否能獲牛津聘任的不確定感。路易斯的日記以家居為中心，包括摩爾夫人、莫玲，及偶爾來訪的寄宿客，一個計日女傭菲比，也提及瑪格大倫學院的同事和其他朋友，還有一隻名喚派德的狗，後來又有另一隻名喚帕華茲的狗，常陪他散步。

路易斯的日記似乎專為摩爾夫人而寫，但未使用夫人的暱稱「薄荷糖」，而是用英文的D代稱。根據推測，這個D代表迪歐堤瑪（*Diotima*），她是柏拉圖名著《饗宴》（*Symposium*）中的女祭司，向蘇格拉底解說愛的意義（當然是柏拉圖式的）。摩爾夫人就像迪歐堤瑪一樣，向年輕的路易斯詮釋愛的意義，但可能不是柏拉圖式的。巴菲德說：「許多人都懷疑路易斯和摩爾夫人有肉體關係。或許真有這種可能，但不可能維持長久。摩爾夫人比路易斯年長太多，而且，以我的觀點看來，沒有什麼吸引力。」

一九二六年的聖誕節，是路易斯和父親以及哥哥最後一次在一起過節。以往，亞伯特和他兩個兒子的關係處於緊張狀態，這時已有相當改善。在兩個兒子心目中，父親是個說話帶著濃濃愛爾蘭腔的人。路易斯在自傳中，描述亞伯特是個生性快樂的人，但時常退縮至安全且孤獨的世界裡。傳記作家威爾森（*A.N.Wilson*）認為，路易斯筆下父親的「喜劇性格」只呈現了一個面向，事實上，亞伯特個性相當複雜，而且因為妻子早逝心靈受重創。亞伯特給予路易斯最有價值的資產，就是一屋子舊書，以及在書堆中探索的興趣。路易斯在自傳及《愛的隱喻：中世紀傳統之研究》（*The Allegory of Love*）序言均提及，兒子和父親一樣，都喜歡寫作、推理以及在生活中找尋樂趣。

十八個月之後，一九二八年五月二日，亞伯特自貝爾法斯特郡律師職務退休，每年可領豐厚年金。隔年，一九二九年七月二十五日，亞伯特的X光照片出現惡兆，路易斯匆忙趕回貝爾法斯特探視，再返回牛津，亞伯特於九月二十五日過世。兩天後，華倫在中國上海接獲噩耗電報：「父親已於九月二十五日平靜過世，傑克。」由於哥哥遠在東方，路易斯一肩挑起安排葬禮和處理遺產事務。

華倫是個職業軍人，年輕時進入皇家軍事學院，數年後即爆發第一次世界大戰。戰後外調至上海服役，一九三二年以上校官階退伍，領受終身俸。他的日記對於軍旅生涯有詳盡描述。退伍之後，華倫遷來牛津與弟弟和摩爾夫人同住，並開始投入整理路易斯家族文稿的工作，包括日記、信件、照片、檔案文件等，逐一將手寫稿打字，編成十一巨冊。文件整理工作於一九三五年完成，書名《路易斯家族回憶錄》（*Memoirs of Lewis Family: 1850-1930*），由華倫．路易斯在弟弟死後捐贈給美國伊利諾州韋德中心（*Wade Center*）。

一九三〇年十月，摩爾夫人和路易斯兄弟合資買下「窯廬」（*Kilns*）宅第，位置在靠近黑丁頓（*Headington*）的郊區。房地登記在摩爾夫人一人名下，但路易斯兄弟有終身居住的權利。華倫記述他第一次造訪窯廬的情形：

傑克和我去看這地方——花園有八英畝，如夢似幻——房屋在整塊地的最前端，位於夏歐佛山（*Shotover*）北邊山腳下，有一條小路直達——房子左方有兩座窯爐，這即是宅第名稱的由來——前方是草坪和硬式網球場——還有一個大游泳池，池畔植栽圍繞，一邊是磚造的圓形看台，俯視整個泳池。後方是陡峭的林野，繞過溪谷和雜林，直上一方小懸崖，上頭草地薊花滿佈，再向後走，就是這塊地的邊界，長滿毛茸茸的樹木，像個小森林。由小懸崖頂遠眺，但見藍濛含煙，不知道路幾千。

最令人興奮的是，地產裡有一方池塘，據說浪漫派詩人雪萊（*Percy Bysshe Shelley*，*1792-1822*）常在這池畔沉思，當地人因而稱之為「雪萊池塘」。路易斯喜歡雪萊，很高興能踏著他的足跡散步。

華倫迅即遷入窯爐，將這裡當成自己的家，雖然他對摩爾夫人心存疑慮。華倫覺得她興趣狹窄，與弟弟並不適配。莫玲說，母親將窯爐佈置成愛爾蘭風情，自己囚禁其間，除了幾個工僕之外，另有小貓小狗各兩三隻。窯爐是個十足鄉下地方，摩爾夫人非常喜愛。莫玲日後的丈夫李奧納多·柏雷克（*Leonard Blake*）說，他造訪窯爐時，常見到路易斯兄弟「以最高分貝進行對話」。路易斯日記裡常提及摩爾夫人做的橘子醬，顯然這是窯廬內的大事。路易斯也經常做家事，他曾說：「我只能趁著遛狗和削馬鈴薯皮的空檔，斷斷續續寫作。」

根據莫玲的回憶，路易斯買了汽車之後，她的作息就被定型了。由於路易斯擔任導師，每天上午九點至下午一點，以及下午五點至七點，都必須在研究室裡俾供導生諮詢。因此，莫玲每天一點十分去學校接路易斯回窯廬吃午餐，然後他帶狗出去散步，四點半的時候，莫玲再駕車載他去瑪格大倫學院。她說，路易斯的社交生活全在校園裡，倒是她與華倫接觸的機會較多。

托爾金潛心於語言研究和教學，對於他的創作想像力有極大的影響。他在寫給詩人奧登的信中說，他能夠「感受語言，就如同一般人能感受音樂或顏色，心靈受其洗滌。」除了語言作為他創作的基本要素之外，對於神話故事和奇幻文學的熱愛，尤其是其中的英雄傳說，譬如亞瑟王或敘事詩《戰狼》中的屠龍勇士，也是他靈感的動力來源。從研究生時代開始，托爾金就認為文學和語言「緊密相關，互為表裡。」他在一九三九年發表的論文《論奇幻文學》中指出：「在我們的世界裡，心靈力量、語言和文學創作是併根同生的。」托爾金認為，想像和科學研究並非水火不容。他並且相信，神話和奇幻小說必須包含宗教和道德信念，但非露骨表露，而是潛隱其間。

但是在早期，托爾金必須努力整合他的思維和想像。他編織的故事，聽眾只有自家小孩，並沒有成人讀者。一九二〇年代，奇幻文學是給孩子們看的，創作者必須先肯定這個前提。托爾金當時認為，奇幻故事猶如宗教儀式，具有一定形式，必然是一個神祇或國王，假扮平民來到凡世犧牲奉獻，結果鬧出許多笑話。

這即是為什麼托爾金和路易斯第一次碰面時，托爾金說，所有的文學作品都是為三十到四十歲的人而寫，因為當時的人認為，奇幻故事並非真正的文學。托爾金希望正本清源，恢復奇幻文學的原始地位，不再是孩童的床邊故事，而是成人徜徉的世界。托爾金最愛的敘事史詩《戰狼》，正是標準的成人奇幻故事，其中的勇猛戰士並沒有搞笑行徑。

托爾金美國版權編輯奧斯丁·歐奈（*Austin Olneey*）指出：「一九二〇年至一九

三〇年之間，托爾金的想像力沿著兩條平行的路線併行發展，其中之一是構作童話故事，另一條線路是構作類似亞瑟王等具有偉大主題的的傳說故事。——兩條路線之間缺乏交集，以致無法融合成既有想像力、又有神話和英雄的故事。」顯然，托爾金在這個時期，腦海裡還沒有創作兼具奇幻文學和英雄神話故事的概念。然而他在小學時代，與巴洛社數位好友已萌生模糊的意念。不久之後，他遇到與他有相同意念的路易斯。

一九二五年夏天，托爾金獲聘牛津大學教席前，已開始撰寫《貝倫和露辛》的敘事詩稿，這也是《精靈寶鑽》的故事主軸，以及《魔戒》裡的一段歌詞。如同《魔戒》一樣，這是一篇英雄愛情故事，只是格局較小。《貝倫和露辛》有兩個版本，分別是散文體和詩歌體，但詩歌體始終無法完成。威爾森認為：「散文體的技巧雖然較不完美，若干段落卻擲地有聲。未完成的詩歌體，無疑是二十世紀最傑出的詩篇之一。」

《貝倫和露辛》的故事背景設定在中土世界的第一個時代。露辛是精靈國王辛戈（*Thingol*）及王后梅莉安（*Melian*）的女兒，長生不老，貝倫則是個凡人。眾多托爾金小說的基調都脫胎於這個故事，包括犧牲、重生、罪惡、死亡以及長生不老。貝倫和露辛終於結婚，於是後代子孫具有精靈特質——直到第四時代人類勢力終於提昇，而精靈沒落。同樣的情節於《魔戒》中再度出現，即精靈公主亞玟（*Arwen*）和亞拉岡（*Aragorn*）的結婚。貝倫和露辛的故事貫穿中土世界各時代，給予精靈和凡人希望和慰藉，聯合對抗黑暗勢力。

與巴菲德進行大論戰的時期，路易斯仍是個機械論者，同時致力創作長篇敘事詩《戴瑪》（*Dymer*），並於一九二六年九月十八日出版。他使用筆名克萊弗·漢米頓（*Clive Hamilton*），漢米頓是他母親的閨姓，之前路易斯發表《永結同心》時，也使用這個筆名。路易斯十七歲時，已萌發這則故事，於一九一七年開始撰寫，而後中斷，一九二二年再度執筆。這篇長詩與《永結同心》一樣，都是反整體主義的。故事中的英雄戴瑪，逃離一個完美但不人性的城市，來到鄉間，歷經患難和危險。另一方面，一群反對完美城市的革命者，以戴瑪的名義進行對抗。著手寫作這個故事的時候，俄國正爆發共產革命，北愛爾蘭獨立運動也如火如荼，兩者都血腥殘忍。因此，路易斯視政治如惡魔。於《戴瑪》詩篇裡，路易斯嚴厲攻擊基督宗教，認為基督宗教是誘惑人心的假象，必須加以克服並摧毀。他認為，任何宗教都是迷信。但是，路易斯完成《戴瑪》時，已經放棄無神論、篤信基督，也放棄機械論、服膺修正後的唯心論。

路易斯不吝於檢視自己長久秉持的信念，經過辯證後以勇於改變信念。這種傾向，使他的神話故事更具智識特質，也使神話和真實之間的關聯更具知識特質。在這個時期，路易斯想像力奔馳的原野，與他智識運作的花園，分屬兩個不同的世界。一九二六年四月二十六日，他與瑪格大倫學院導師湯瑪斯・韋登（*Thomas Weldon*）一次對談，為這兩個不同世界搭起溝通的橋樑。他們倆個討論新約聖經福音書的歷史真實性，路易斯在自傳裡敘述這段對談內容：

一九二六年初某天，曾是最強硬的無神論者坐在我的研究室裡，兩人之間隔著一爐火，談到證明福音書歷史真實性的證據，兩人都認為確實無懈可擊。他說：「真是怪異！福瑞仁（*Fraze*）提出來關於基督死而復活的證據，看起來就像真的發生過一樣。真是怪異！」

路易斯在當天的日記裡記述：「我們認為，福音書的記載確有其歷史真實性，並且同意其中若干內容無法以常理解釋。」日記的結論為：「浪費了一個晚上，但並非全然無趣。」

托爾金同時兼顧語言研究與文學創作的情形，路易斯曾十分不解。不久之後，托爾金邀請路易斯參加「吃炭人社」（*Coalbiters*），這是個非正式的讀書俱樂部，由托爾金於一九二六年春天在牛津創設。社團的主要目的是研究冰島文學，由於冰島人在嚴冬時緊緊聚在炭火旁，距離近得彷彿要吃下煤炭，社團即因此命名。路易斯欣然參加吃炭人的聚會。他在寫給友人的信中提及，中世紀英國文學作品如《葛溫爵士和綠武士》（*Sir Gawain and the Green Knight*）以及冰島文學，使他得以逐漸瞭解潛藏自己心中已久的夢想。路易斯並在信中詳述吃炭人社研讀的冰島傳說故事。

吃炭人聚會使路易斯和托爾金經常碰面，甚至終夜長談。艾迪絲早已習慣托爾金晚歸，以及經常深夜寫作至凌晨。夫妻倆分床而眠，以免打擾彼此睡眠。路易斯一九二九年十二月寫給友人的信裡，敘述某次聚會後，托爾金和他回到研究室裡繼續話題：「坐下來討論神祇和巨人達三個小時。」這些討論對兩人的文學作品都發生深切的影響。路易斯更因而改信基督。流著北愛爾蘭血液的路易斯在自傳中說：「與托爾金的友誼，表徵兩個舊觀念的崩潰。第一個是，打出娘胎，我就被嚴厲警告不要相信任何一個天主教徒。第二個是，我獲聘擔任英文教席之後，也被嚴格警告不要接觸語言學者。托爾金兩者兼具。」

托爾金和路易斯的友誼，對雙方都發生重要影響。托爾金發現，路易斯對他甫萌芽的中土世界故事和詩篇興趣盎然，仔細聆聽並加以讚嘆，這些作品大多在托爾金過世後才刊行出版。托爾金曾明白指出，沒有路易斯的鼓勵，《魔戒》不可能完成並出版。路易斯也受益於托爾金，經由他對神話、文學故事和想像的觀念，使路易斯終於皈依基督。對於想像世界和基督真實性的心靈交會，成為他們友誼的基礎，進而發展出吉光片羽社，並結交眾多文壇好友。兩人交往之初，路易斯極肯定托爾金的文學天份，托爾金則在一九二九年記述：「與路易斯的友誼價值不菲。」

Chapter Three

奇幻故事的萌芽

（1929～1931）

一九二九年夏天，牛津大學「聖三節學期」①某日的午餐時刻，黑丁頓一輛雙層巴士由牛津市區往東行駛，車廂上層坐著一個三十歲左右男子穿著斜紋軟呢夾克、寬鬆法蘭絨長褲，戴一頂舊帽子。從外觀判斷像是個農夫，因為他體格健壯、面色紅潤。

男子望向車窗外的黑丁頓山公園，菸捲湊近嘴唇，深深吸一口。這人正是路易斯，他腦中思索著人性自由的問題，醞釀著一個重大決定。突然，他覺得心中興起天人交戰的澎湃，那不是意念的鬥爭，也不是意象的衝突。他覺得自己似乎拒斥某事於身外，又似乎唾手可得那事。他事後形容，當時彷彿穿著一件不合身的衣服，渾身不對勁；又彷彿穿著厚重盔甲，縛手綁腳。於是，他毅然選擇跨進大門，脫去束縛身體的盔甲。同時，他強烈覺得自己必須如此做。幾乎是立即地，他覺得身心自由舒暢，彷彿心底深處召喚他如此選擇。

巴士輕微震動後停在貝理諾爾公園（*Bury Knowle Park*）旁，路易斯快速步下階梯，消失無蹤。

經歷公車上的奇妙體驗，路易斯跪下來向他從不認識的上帝禱告。他形容自己是「全英國最不心甘情願的皈依者」，搭上天國列車，由幽暗的地獄駛向明亮的天堂，猶如他出版於一九四五年的小說《夢幻巴士》（*The Great Divorce*）描述的情景。

歷經牛津巴士上的聖顯經驗，以及之前看過的書、參加過的辯論，路易斯終於信奉上帝。他說，在真實表象後頭，有一個人格化的神祇：「一九二九年聖三節學期中，我信了，承認上帝即上帝，我跪地祈禱……。」路易斯這段時期的心靈轉折，生動紀錄於一九四七年出版的《神蹟》。他敘述：「我從來不曾追尋上帝，信仰的過程與他人迥然不同。祂是獵人，我是麋鹿。祂像印第安人一樣躡手躡腳走近我，確認目標，扣動扳機。感謝祂賜與第一次的接觸。祂使我武裝齊備，對抗日後的恐懼，心中充滿希望。一個不曾渴望的人，很難有這樣的經歷。」

路易斯敘述他悔過信仰的神秘經驗：「在令人敬畏的地方，遠離顛倒夢想之處，有一條路鋪陳直前，照見五蘊皆空——不是感覺，不是生理需求，不是社會需求，不是想像，不是心靈運作，是無明——然後，一個赤裸的另個我，無色無象（雖然在我們的意念裡，有千象萬象向無明致敬）②。

路易斯覺得參加吃炭人社樂趣無窮。托爾金是社團裡翻譯最流暢的成員，可以整頁轉譯冰島傳說。路易斯和其他人的功力就差多了，頂多一次翻譯半頁。吃炭人社研讀的作品，喚起路易斯少年時期對於北國神話的嚮往，每每心弦震盪。路易斯也知道托爾金和他一樣，喜愛天寬地廣的北國世界，對抗黑暗的堅毅勇士，以及巨龍和會受傷的神祇。他最喜愛的神祇是巴德（*Balder*），手執耀亮寶劍，展現玉樹臨風英姿。

逐漸地，托爾金養成每星期一上午造訪路易斯研究室的習慣，因為路易斯當天沒有安排導生時間。兩人有時一起到飯店或咖啡廳喝一杯，有時就在研究室裡聊天。此外，路易斯也經常造訪托爾金家，或是吃炭人社聚會結束後再續攤。

路易斯寫給哥哥華倫的信中曾提及這些聚會，他寫道，和朋友相聚是他一週裡最快樂的時光。兩位好朋友有時談論英文系事務，有時互相評品對方的詩作，有時討論神學或國家大事，偶爾瞎扯打屁。其中最重要的是，他們合作擬定了牛津英文系的大學部課程。海倫．嘉娜教授於路易斯過世後指出：「路易斯對於牛津英國文學研究最大的貢獻之一，恐怕是他與至交托爾金教授合作研擬的英文課程。他堅信中世紀英國文學深具價值，認為研讀古文學過程中的語言訓練，有助於研究當代文學，並認為文學研究應注意其中的傳承延續性。這些觀念都融入課程編排，影響長達二十餘年，令人感佩。」經由托爾金修改的英文系課程，融合語言和文學，自一九三一年起獲採用實施。

這段時期，托爾金和路易斯兩人仍互以姓氏相稱。路易斯直到一九五七年才知道托爾金的首名。多年後，路易斯描述托爾金的談話習慣：「他是我所知談話最隨性的人，和你聊某事到一半，突然變換話題，切換至他心中興起的事物，可能是中世紀文學作品的某個字，或是英文系裡的人事紛爭。」托爾金在久遠之後，回憶他與路易斯這段時期的交往過程：「只有三個人，曾完整聽過我的神話故事第一時代和第二時代的內容，路易斯是其中之一。我和他相識之前，已完成這兩部分的故事結構。他喜歡聽我朗讀，而且記憶力驚人，能毫不費力地整合其中複雜情節。」托爾金並記得：「與傑克相識初期，他常來我家，聽我大聲朗讀《精靈寶鑽》已完成的部分，包括長詩《貝倫與露辛》。」

一九二九年底，托爾金決定向路易斯朗讀《貝倫與露辛》的詩歌版《露辛之死》（*Lay Of Leithien*）部分。十二月六日晚上，路易斯開始閱讀，大感興奮，隔天立即寫信給托爾金：「我必須坦承，許久以來不曾有過昨夜的愉悅，但與我喜歡閱讀好友的作品無關。——你的作品兼有兩大特色：背景富真實感，神話色彩濃厚。神話的特質即作者不著痕跡隱喻，又能使讀者清楚掌握隱喻。」隔年初，路易斯再度以仿學院論文的方式，發表對這篇未完成詩篇的評論，長達十四頁。評論文中運用數種文藝批評學派的理論，包括批評神學作品最常用的德國學派。他揣測，托爾金看過評論文後，或是置之不理，或是回家將作品重新寫過。但是路易斯心中的真正想法是，已完成的作品優點多多，部分修正即可，無須全面改寫。

對托爾金而言，與路易斯分享作品是極關鍵的一步，使他的奇幻文學第一次有了成人讀者。托爾金奇幻世界的主角，是中土世界的精靈貴族，如美麗的露辛公主，她的國王父親辛戈，母后梅莉安。一九三一年，托爾金又跨出另一大步，向牛津大學學者們發表論文《秘密劣行》（*A Secret Vice*），這篇論文有趣之處在於多處涉及托爾金的個人經歷，饒富趣味。他在論文裡提及創造語言的樂趣，認為這是每個人在孩童時期都歷經的「嗜好」，而且能延續至成年時期。他並以自身為例，提及自創的精靈語言。

托爾金和路易斯討論的話題之一是語言，涵蓋語言的本質，語言的變遷，語言敘述神話，神話創造語言。托爾金曾讀過巴菲德的《詩語》，或許是路易斯借給他看的。路易斯在一封未署日期給巴菲德的的信，推斷應是一九二九年寫的，信裡敘述：「托爾金前幾日與我共進晚餐時說，你對於古代字義單位的觀念，全盤推翻他先前的想法。他原本計劃在一場演講會發表的部分內容，因而全部刪除。我相信你能體會那個心境：原本以為藏有黃金滿庫，經過仔細檢驗，發現全是破銅爛鐵。」

兩位好朋友也分享對於古代及中世紀英國文學的熱愛。路易斯興趣廣泛，對於這兩個階段的文學作品原本就極熟悉。可以想像，他們經常討論《戰狼》之類的古詩。托爾金在里茲大學任教時，曾將《戰狼》翻譯成當代英詩，他似乎曾朗讀給路易斯聽。托爾金於一九二〇年代晚期或一九三〇年代初期，曾經將《戰狼》重譯一次。我們可以斷定，路易斯確實看過這次譯稿，因為在打字稿上，我們發現路易斯和他人的修改筆跡，可見路易斯仔細讀過並加以修改。托爾金彙整朋友們的意見後，終於定稿。

一九二〇年代末，路易斯開始發福，托爾金仍然維持標準身材。路易斯少年時代非常瘦，但此時明顯增加了許多肉。他的大嗓門、大塊頭，令人印象深刻。狄肯斯教授（*Professor A. G. Dickens*）回憶：

第一眼看見他，你會注意到他異常的滿面紅光，彷彿隨時會中風——他體格高大壯碩，眼神靈活，聲音宏亮清晰，出口成章。如果你把他說的話錄音下來，加上標點符號，就是一篇好文章。他穿著很隨便，斜紋軟呢夾克，寬鬆法蘭絨長褲，一如當時的大學生。

狄肯斯教授進一步說明：當時許多資深教授也是同款穿著，但就數路易斯最邋遢。

在那個年代，牛津大學教授十分講究穿著，維持紳士風範，路易斯粗獷型的打扮，在校園裡顯得非常另類。托爾金較講究穿著，但通常也是斜紋軟呢夾克、法蘭絨長褲，推測他因為出身貧苦，因此稍稍刻意做點修飾。托爾金回憶他早期對路易斯的印象：「他確實有些怪異，有時容易被激怒。畢竟，他是個北愛爾蘭人。路易斯無須做作就像個小丑，但他並不專業，因為他天生就是小丑，無須學習仿效。他心胸寬大，反對任何偏執意見，但有些北愛爾蘭人的信念已在他心中根深柢固，自己也無法察覺。」多年後，路易斯在給美國學者的信中提及托爾金：「他是個傑出的人，已出版的文學創作和學術著作早該佔滿書架一排；可是他這人，沒達到完美的草稿不能讓他滿意。」路易斯在另一封信中說：「他是個相當了不起的人，但是動作溫吞，又缺乏條理。」

路易斯於一九二九年改信上帝不久之後，即著手撰寫精神歷程自傳，可以說是自傳《驚喜》的初稿。其中主要內容是解釋喜樂經驗的重要性，以及過程中未獲滿足的期望。這份手寫稿達七十二頁，一開頭即說明寫作的目的，明確指出這本著作並非神學的學術辯證，而是個人信奉上帝的心路歷程：

在這本書中，我將敘述自己浪子回頭的過程。我像現在許多人一樣，原本服膺機械論，終於悔悟而信仰基督——我終於航抵彼岸，並非經由思考，而是思考持續發生在我身上的經驗。我是個實證有神論者，經由歸納法信仰上帝。

這本未完成的自傳，展現路易斯改信上帝後的自我檢視過程。他心中纏鬥多時的智識活動與想像創作之間的戰爭，出現偃旗息鼓的現象。他發現自己和《天路歷程》作者約翰．班揚（*John Bunyan*）一樣，歷經內心的沮喪而悔悟皈依。約翰．班揚的懺悔錄《豐盛的恩典》（*Grace Abounding to The Chief Sinners*）出版於一六六六年。路易斯寫給北愛爾蘭家鄉好友亞瑟．葛李弗的信裡，數次提到班揚的懺悔錄：

我希望知道——你對於舊典籍裡關於宗教黑暗面的敘述有何想法？之前，我認為它們是膜拜罪惡的可怕迷信；現在，我陸續發現它們是真實的舊信仰。我覺得我不能漫不經心地忽視這些宗教黑暗面，其中必然蘊含某些東西。但是，究竟是什麼？

路易斯於一九三〇年十月十一日遷入窯廬，約在同時間，他開始閱讀希臘文的約翰福音。此後，逐漸養成每天閱讀一段聖經的習慣。同時，他開始參加瑪格大倫學院的宗教儀式，並且每個週日上教堂作禮拜。經由閱讀約翰．班揚的著作，他開始改變昔日心目中的耶穌基督圖像。另外，他也在一九三〇年初閱讀麥克唐納的《老靈魂日記》（*Diary of an Old Soul*），恰逢牛津春季學期開始，他得以排定日期逐日閱讀。路易斯寫給葛李弗的信中說，他很高興能讀完這本書，更希望能多讀類似的書籍。他寫道：「這是另一種美的境界，不僅對於信者，對於追求信仰的人，亦復如是。——發現自己和天下眾生在大道上齊向前行，沿途將所見所得，與前行者永不止息的成就相比較，聲勢浩大地抵達原鄉……。」

同樣的思維，出現在一九三〇年三月二十一日寫給另一個朋友阿福瑞．傑金（*Alfred Kenneth Hamilton Jenkin*）的信裡。他告訴傑金，自己的想法起了若干變化。他覺得自己並沒有走在正確的信仰之路上，但堅信有朝一日將能夠尋獲正道。路易斯認為自己最大心路轉折為：之前，他問自己：「是否應信奉基督？」現在，他等候基督召喚。但就像他玩撲克牌一樣，路易斯並沒有耐心。約在這個時段，他寫信給巴菲德，開玩笑地說，可怕的事情發生在他身上，用哲學詞彙說，「精神」或「真我」似乎逐漸佔滿他，他警覺地出擊。最後，路易斯寫道：「你最好星期一之前來一趟，否則我恐怕要進修道院了。」

路易斯於一九二九年夏天在巴士上歷經聖象顯示後，倏忽已過兩年。事後他曾心不甘情不願地跪下來禱告，這時候他心目中的上帝沒有明確形象，只知似乎像人，但明確是神。祂是除了祂之外萬事萬物的創造者——星辰與星系，空間和物質，岩石和水，一切動植物和人類。

一九三一年九月二十八日星期一，路易斯在另一個迥然不同的交通工具上，信仰旅程再跨一大步。他坐進華倫摩托車的副車裡，哥哥啟動引擎、戴上風鏡，兩兄弟在陽光普照的牛津郡鄉村道路上快速前進。樹木和灌籬從他們眼前掠過，溪流和遠山在清晨的薄霧中若隱若現。他們往東朝惠普斯奈動物園（*Whipsnade Zoo*）前進。

這似乎是一個很不搭調的場景：一個牛津大學教授和一個即將退伍的上校軍官，騎摩托車去拜訪熊先生和獅小姐。動物園位於袋鼠森林內，林內風鈴草如茵，袋鼠不時從樹木後、草叢間跳出來，活潑可愛，兩兄弟覺得彷彿回到亞當的伊甸園。摩托車遠遠後方，跟隨著一輛慢速行駛的汽車，裡頭坐著摩爾夫人、莫玲以及一位愛爾蘭來的朋友。這次郊遊是兩兄弟一時興起的念頭。路易斯覺得自己終日埋首於書本和教書，目的就在於和哥哥及朋友享受這種快樂時光。路易斯兄弟無話不談，兩人個性也很類似，都同樣衣著邋遢，也缺乏詩情畫意的情懷。

摩托車快速駛向惠普斯奈途中，路易斯的整個世界突然轉向。他心中呈現一股選擇的衝動，逼使他推開另一扇門，成為基督教思想家和作家，終於使他成為全球千百萬人知悉的人物。在此之前，他只是一個沒沒無聞的詩人、教授，甚至數年前仍是個無神論者。摩托車在一個十字路口前慢慢停下來，路易斯覺得身體被無形的力量往前推，抬頭一看，路標上寫著惠普斯奈。

路易斯信奉基督的過程，開始於兩年多前他服膺有神論，也就是在巴士上經歷聖象顯示之時。天路歷程的高點，則萌發於動物園之旅數天前的一次三人談話。九月十九日夜間，路易斯與托爾金及另一位朋友亨利．迪森（*Henry Dyson*），沿著瑪格大倫學院的艾迪生步道散步，一面談話。這場三人對話，徹底瓦解路易斯根深柢固的思維。托爾金受到母親的影響，自小就是一個虔誠的天主教徒，他初領聖體的體味深遠。他將當晚在艾迪生步道上的長談內容，以及之前和路易斯討論的內容，記述於詩作《創造神話》（*Mythopoeia*）。他並在日記中記載：「我和路易斯的友誼收穫良多，除了在一起的愉悅和水乳交融的暢快之外，能和一個誠實、勇敢、智慧的人交往，確實好處多多。他是一個學者、詩人、哲學家，而且歷經長久的追尋歷程後，領受上帝的愛。」

路易斯於一年前認識迪森。當時，他由執教的瑞丁大學來訪牛津。當天，即一九三〇年七月二十八日，路易斯的日記記載：「他是一個熱愛真理的人，哲學家和虔誠的教徒。他的文學作品和文學批評皆結構嚴謹，論證詳細，非常專業。」路易斯非常喜歡迪森，因為他個性爽朗，笑口常開而且言詞犀利。在艾迪生步道上的深夜談話，托爾金進行嚴謹論證，迪森在一旁渲染氣氛。當晚托爾金說，新約聖經的福音故事立基於普世之愛，本質上即是宗教的。在《創造神話》裡，他詳細記述論證內容，認為人類的心靈不包含錯誤和虛假，而是受上帝智慧的滋潤，智靈永存人心。即便自遠古時代開始就發生疏離的情形，但上帝永不捨棄子民，人類亦不至於完全腐化。人類雖然不完美，人心深處仍然存留祂的誡命。人類根據自身被創造的律法，持續進行創造。

路易斯稍後撰寫一篇文章，以紀念改變他生命的深夜對談，他在文章中肯定福音故事的真實和一致性：「這是天國和塵世的結合，是完美的神話，也是完美的事實，宣示了我們的愛與服膺，夢想與喜樂，傳達予蠻人、孩童和詩人，也傳達予道德家、學者與哲學家。」他深切明白，基督的故事和教誨必須兼以想像和智識理解。十數年後，他在著作《神蹟》裡，更詳細討論相同主題。

托爾金也在《論奇幻文學》這篇文章裡，抒發他的觀點。托爾金指出，福音故事裡的史實是上帝創造的，祂是傑出的創作者，擅於運用轉折，能將毀天滅地的大災難轉折為喜劇收場。福音書具有神性淵源，以天衣無縫的方式，透過凡世作家敘述成章，說明並圓滿了上帝的偉大啟示，允許子民們有想像能力。托爾金的結論為：「福音書印證了藝術之美。」這裡所說的藝術，包括福音書和托爾金自幼熱愛的北國神話，路易斯對北國神話也很著迷。

宛如悲鴻哀鳴，輓歌劃破濃霧，唱道：

美麗的巴德，

已死亡！已死亡！

太陽的蒼白屍體，從北國天空升起，寒風凜烈，吹散屍體行經路徑的濃霧。巴德死了——至美的巴德，夏日太陽之神，諸神中最完美巴德。祂的額頭散發耀眼光芒，舌頭編織美麗詩篇，手執倚天寶劍。天上或凡世的事物都無法傷害祂——除了槲寄生！盲眼且沉默的老神仙霍德（*Hoeder*）無意間以銳矛刺穿巴德柔軟的胸膛，矛尖正是可詛咒的槲寄生做成的。

這是路易斯少年時代閱讀的北國神話，原文為瑞典文詩歌體，係十九世紀瑞典詩人以撒・天格（*Isaias Tegner*）撰作，嗣後由美國詩人亨利・朗法羅（*Henry Longfellow*）翻譯成英文詩篇。這是路易斯少年時代迷醉的眾多北國神話之一，為他的想像旅程增添色彩，為他的宗教尋覓之路懸示喜樂鵠的。

路易斯於三十二歲時信仰基督，之前的心路歷程記載在自傳和《浪子回頭》書中。這兩本書都告訴我們，他漫長、曲折且不甘心的尋神之旅，受到少年時期內心呼喚的影響。那呼喚在他青少年期間和成年初期，一直潛藏心中，時隱時現。

路易斯說，那是一種對美或喜樂的想望，萌生於他幼時從窗戶遙望遠山之時，以及哥哥在餅乾盒蓋上製作的袖珍花園。一九二二年，路易斯以此為主題，以「喜樂」（*Joy*）為題成詩。晚年，路易斯將這個抽象的想望擬人化，成為《裸顏》（*Till We Have Faces*）書中的賽姬公主（*Princess Psyche*）。

在自傳《驚喜》裡，路易斯指出，他的喜樂感覺，部分來自對大自然的感應，部分來自文學和藝術作品。他希望其他人讀了他的解釋，也能明辨自身的類似經驗。他幼年對美的感受，使他學會想望，不論對於善或惡都充滿期待，希望能綻放「藍色花朵」——即德國浪漫文學和斯堪地那維亞文學對於無法滿足想望的象徵。

路易斯在六歲之前，已有這層體悟。

對於生命的熱愛，和對於美的想望，兩者之間究竟有何關係，是路易斯心中常懸念的問題。喬治．麥克唐納的作品，充滿聖靈和生命善好的喜樂（非柏拉圖式的），對路易斯的想像世界有深切的影響。麥克唐納的小說，主要敘述凡夫俗子經由聖光照耀而徹底轉變。路易斯掌握這特點，他說：「麥克唐納的奇幻作品令我癡迷，其中展現的真實、神聖、魔法，以及恐怖和五光十色的景象，正是我們生活的真實世界。」

路易斯的創作《納尼亞魔法王國》系列萌生自對於美的想望，表現於基督教框架中。在《痛苦的奧祕》（*The Problem of Pain*）（一九四〇年）的最後一章，那是一種召喚；在《沈重的榮耀》（*The Weight of Glory*）（一九四一），試圖定義慾望；在《黎明行者號》（*The Voyage of The Dawn Treader*，一九五二）則是納尼亞老鼠前往世界邊緣尋找亞斯蘭國；在《驚喜》中，則是追尋路易斯的思維和對美的想望這兩種悖動，終於使他改信基督；在《裸顏》裡，賽姬公主愛戀對於美的想望，寧願犧牲生命。路易斯寫道：「我們不只希望看見美的事物，更希望與美的事物相結合，融為一體，接受它的洗滌，成為它的一部份。因此，我們將藍天和大地以及海水轉化為擬人化的男神、女神和精靈。」

路易斯認為，那無法滿足的想望表徵一個真實，即任何凡世事物和經驗現象都不足以滿足人心。我們猶如無家可歸的浪子，流連街頭，心中幻想「家」的真正意義。

當時的大哲學家薩繆爾．亞歷山大嚴格區分欣賞和滿足的意義，路易斯深受其影響。他在自傳中說：「我對於喜樂的等待和關注，對於填補精神欲求的落空期望，彷彿可拈在指尖，具體可見，它們都是滿足被欣賞者的諸多嘗試。」這確是個重大發現。喜樂不在心內而在身外，在世界某處。更嚴格地說，也不在五光十色的世界之中，而是我們透過五光十色的世界發現喜樂。世界各民族的神話都展現這個道理，因此神話常常是諸神老死於是欲追求蓬萊仙島的故事，表示滿足遠在方外。喜樂的源頭和客體，都在山窮水盡疑無路的「世界藩籬之外」。

改信基督之後，路易斯堅決拒斥缺乏人性的機械論，甚至反對唯心論。他轉而重視塵世，親近土地和人們、四季變遷和時光流轉，並注意自身的情緒和感覺。路易斯認為，上帝是具體而清晰的存在，基督信仰自有其完美的邏輯性。福音書是吟唱詩人神話創作的縮影，具有令人驚奇的歷史真實性。那是渾沌未開初民世界的真實，經由神話流傳，展現喜樂。閱讀福音書必須兼用想像和理性。於是，想像的路易斯和智性的路易斯，第一次交會融合。

路易斯發現，完全擬人化的上帝的觀念，很有意思。神祇的顯現純屬偶然，一如歷史的偶然；祂不是不變的、抽象的實體，雖然祂的特質是永恆不變的。路易斯曾在《神蹟》這本著作裡詳細論述，福音書是關於人類自己的故事，告訴我們我們是誰。福音書本質是個故事，隱指人類的天性，展現上帝對於我們的瞭解，以及對於我們的天性的瞭解。

路易斯受托爾金和迪森的啟發，認為上帝是絕佳的說書者，卻進入自己的故事之中，使後世的詩人相形失色。福音書不但使人們瞭解自己，也揭示了諸多關於上帝的事。祂宛如豐富的寶藏，需要我們運用智性和想像去理解。任何與祂有關的事，都可以用故事形式表達。祂是神話的豐富泉源，是哲學思考和科學推理的最高境界。

路易斯對於神話的全新解讀，成為他日後創作的基本脈絡：

基督宗教的核心是一個神話故事，也是一個事實。先前更古老的神話故事，敘述會生老病死的神祇，從天而降，開創世界。這種類型的神話，從來不曾停止流傳，然而確有其事，在某個特定時日，某個特定地方，而後成為歷史的源頭。瑞典神祇巴德或是埃及神祇歐希利斯，誰知道祂們死於何時何地，但我們確實知道有個人在比拉多擔任羅馬總督時被釘在十字架上。（耶穌的）事跡是事實，也是神話，更是個奇蹟。真正的基督徒必須相信這是史實，同時，相信它是神話故事，並如同我們看待其他的神話故事一樣，運用豐富的想像力。

路易斯採信這個觀點後，遭遇與托爾金同樣的困境，即陷入唯心論與逃避主義之間的衝突。當時的人認為，以神話觀點或幻想來理解新約聖經，是一種逃避現實的做法，目的在於逃避理性以及科學實證的方法。但是，神話或幻想的本質並非缺乏自信，而是當時代的人認為持神話論者缺乏自信。路易斯和托爾金即非常有自信。路易斯以神話觀點詮釋福音書時，並不表示他對福音書的歷史真實性沒有信心。

他們倆人均意識到唯心論和神話觀之間的衝突，但認為基本上並無矛盾，而是當時代人誤解了神話這個詞彙的真實意義。神話是一個民族或一個文化世界觀的具體表徵，其要素當然包含堅信。神話也可以被定義為不真實的、虛構的，純屬想像。神話裡有許多矛盾情節，似乎詩人們「說謊」。神話的存在更加凸顯了一個僵局即是：詩人、小說家和科學模型的製作者都掌握了相當深刻且多面的真實，是無法以其他任何一種方式獲得的。詩歌、小說、寓言儘管都是謊言，卻是作家們呈現客觀世界的方式。因此，托爾金《創造神話》針對：「文學是精心淬煉的謊言。」全面開火。

其他的困境尚包括：神話與理性，神話與歷史，神話與古代知識，兩兩之間的衝突。然而，唯有在近世代，這些衝突才躍升為智識上的議題。於基督降生之前，神話和事實衝突的結果，創造了偉大的文學作品。因此，創作和事實並非相互衝突，而是彼此並蓄。托爾金和路易斯秉持這個觀念，繼續在想像世界奔馳，創造了巨龍和會說話的動物，以及喬裝改扮的國王、英雄式的冒險。對他們而言，天國曾在某個時候某個地方在地上實現，人類終將提昇，永住神國。我們居住的地上因為遠古人們的墮落而支離破碎，由於基督降生再次與神重歸於好。在這個概念之下，他們創造了中土世界和納尼亞王國，呈現天國與俗世結合的真實圖像。

①*Trinity Term*，譯者註：台灣的學年分為上、下學期；美國則為春季學期及秋季學期；牛津大學係以學期中的宗教節日為學期名，聖三節學期緊接著復活節後展開，因為復活節後的第七個週日就是聖三節。聖米迦勒學期為學年之首，始自十月，希拉利學期則自一月開始。

②譯者註：這一段文字，和佛教心經有相通之處，所以採用心經裡若干詞彙。但心經更進一步推向無無明。

Chapter Four

屠龍勇士

Chapter Four
第四章　屠龍勇士

中土世界第一時代的戰國時期，倫泥史特河（*Rain Stair*）奔馳的深長峽谷岸邊，躺著巨龍葛勞魯（*Glaurang*）。

太陽落下之後，戰士杜凌（*Túrin*）和他的兩個同伴來到峽谷邊。杜凌已和莫格斯（*Morgoth*）戰鬥多年，後者僭稱自己是中土世界的統治者，同時，因為巨龍無惡不做，杜凌也想除掉它。

杜凌見巨龍躺著休息，心想機會難得，想悄悄爬下峽谷，渡過急流，攻它個出奇不意。峽谷裡漆黑幽暗，其中一個戰士懼怕，杜凌只和另一個戰士酣碩（*Hunthor*）前往。

湍急的河水如轟雷巨響，他們攀爬岩石而下。午夜時分，巨龍醒來，拖著龐大的身軀游渡急流，最脆弱的腹部坦露可見。一塊崩落的岩石擊中酣碩，他當場身死。杜凌獨自一人潛向巨龍，抽出黑寶劍，奮力向巨龍肚腹刺進，劍身整個沒入，只剩劍柄在外。巨龍發出巨大呻吟，自知大限已到，強拖著龐大的軀體越過急流，全身噴火而死。

杜凌希望拿回寶劍，於是再次泳渡急流，爬向巨龍屍體。終於，杜凌抽出寶劍，發出勝利的歡呼，這時候，死而未絕的巨龍最後一次張開眼睛，仇恨地瞪視杜凌。於是，杜凌昏絕在地，猶如死去一般。

杜凌是個悲劇英雄，遭遇坎坷，最悲慘的莫過於他和失散多年的姊姊在不知情的狀況下結婚。他正是托爾金《精靈寶鑽》的中心人物，命中注定要與邪惡搏鬥。托爾金解釋，杜凌的故事「揭示了莫格斯最邪惡的行徑，以及他在古代世界種種惡行。」托爾金在一九三〇年代已完成中土世界早期的情節架構，嗣後暫時放手，致力於《哈比人》的寫作。事實上，托爾金在一九三〇年代已經完成《精靈寶鑽》第一個版本的寫作。

一九三〇年代完成的《精靈寶鑽》，只有中土世界的古代時期。起始於雙燈的創造，點亮世界，結束於莫格斯歷經大戰後被推翻。其中穿針引線的，正如書名《精靈寶鑽》，是一顆點燃光芒、照亮世界的寶鑽。

《精靈寶鑽》出版於一九七七年，分為好幾部分。第一部份敘述中土世界的創設，這是托爾金的傑出創作之一，以藝術形式融合哲學和神學於一爐。接著進入最主要也是內容最豐富的部份：寶鑽故事，然後是敘述中土世界西方某島國殞落的部分。最後是敘述中土世界第三時期歷史及魔戒，並鋪陳《魔戒》故事的背景。

中土世界的神話和歷史，散見於眾多未完成的手寫稿，景幕奇異，情節曲折，幾乎耗去托爾金畢生精力。其中若干部分，分別以詩歌體和散文兩種文體撰寫。

《精靈寶鑽》包括許多故事，出現許多生物，有明確的歷史脈絡，確定的地理格局，以及使用數種創發的語言，分別為人物和地方命名，可說具有整體風格。故事中出現諸多生物，並非無血無淚，托爾金賦予它們感情，眾生衍生愛恨情仇。寫作過程中，托爾金逐漸感覺故事、語言和人物逐漸有他們自己的生命，他並盡力去捕捉掌握。因此，嗣後寫作《哈比人》和《魔戒》時，托爾金已熟悉其中技巧，能展現較高的藝術功力，獲得讀者喝采。寫作過程中，托爾金幾乎是孤軍奮戰，希望奇幻文學能獲得成人讀者的青睞。

路易斯給予好友精神上的支持，同時也寫作自己的科幻文學三部曲《沉默星辰之外》（*Out of The Silent Planet*）、《太白金星》（*Perelandra*）、《那可怕的勢力》（*That Hideous Strength*），分別完成於一九三八年至一九四五年之間。嗣後並提筆寫《夢幻巴士》，完成於一九四五年，《裸顏》則完成於一九五六年。

一九三二年，托爾金買了生平第一輛汽車。成為有車階級之後，一回開車載著家人去弟弟希拉利的果園拜訪，卻發生兩個輪胎洩氣，車子失控撞上牆壁，眾人虛驚一場。後來，托爾金認為汽車的生產和製造都造成環境污染，於是決定出售汽車，不再使用這種摩登工具。這輛汽車卻激發他的想像，撰成童話故事《柏立司先生》（*Mr. Bliss*），一直到一九八二年才出版，插畫全由托爾金自己操刀，主角就是托爾金自己的化身。柏立司先生戴著一頂高帽子，住在高房屋，他花五先令買一輛車，接著發生一連串有趣的事情。

《龐貝迪歷險記》（*The Adventure of Tom Bombadil*），收錄於托爾金一九三四年出版的詩集。故事裡的主角湯姆．龐貝迪也是個超炫角色，可窺見托爾金這段時期的生活。他是「山、水及森林之主」，他不受制於任何人，也拒絕擁有其他事物。他像聖經裡的亞當一樣，為事物命名。

龐貝迪的靈感，源自於兒子麥可．托爾金的荷蘭洋娃娃，它的帽子上插著一根漂亮羽毛。龐貝迪日後也出現在《魔戒》裡。他為哈比人的小馬取的名字，「每每呼應那匹馬日後的命運」。龐貝迪和巫師一樣，外觀似人類，自中土世界起始時期即已存在，擅長詩歌、韻文和智慧謎語，充分反映托爾金在這些方面的天份。托爾金於一九三七年寫給編輯的信裡，說明龐貝迪表徵柏克夏及牛津郡逐漸消失的鄉野情調。龐貝迪也是個反映時代的角色，代表探求真理的科學家，拒絕控制大自然，是好科學家的護守天使。

一九三八年初，托爾金向沃色斯特學院一個大學生社團朗讀他的短篇小說新作《農夫吉勒斯》（*Farmer Giles of Ham*），原本預備發表論神話故事的學術論文趕不及出爐。托爾金覺得這篇作品已適合成人閱讀，用來取代學術論文並無不妥。《農夫吉勒斯》於一九五〇年出版，小說前頭有一篇學院式的序作，說明這是一篇譯自拉丁文的作品，時代在亞瑟王之前的黑暗時期，地點就在英格蘭泰晤士山谷裡。

這是篇幽默小品，表面上與眾多中土世界小說的格調不符，但仍然保有托爾金的獨特風格。故事的靈感淵源很語言學，以戲謔方式闡釋牛津鄉下泰晤士河畔「沃明霍」(*Worminghall*)地名的由來。這個小王國的規模像英國的一個郡，吉勒斯在此安身立命。他是個自得其樂的哈比人，胸無大志。如同托爾金的其他作品，這篇小說另有詩歌體版本，於一九六二年出版。

路易斯閱讀的範圍和速度遠勝托爾金，並逐漸將重點集中於中世紀英格蘭中西部地區的著作，包括文學創作和語言學著作。密集閱讀的結果展現於豐碩的論文，大多在他過世後才出版，包括《愛的隱喻：中世紀傳統之研究》(*The Allegory of Love: A Study in Medieval Tradition*)，討論浪漫主義的興起，出版於一九三六年，以及《十六世紀英國文學》(*Literature in The Sixteenth Century*)，出版於一九五四年，皆是路易斯對《牛津英國文學全集》的貢獻。前者完成於一九三五年，接著他接受威爾森(*Frank P. Wilson*)教授的建議，開始撰寫後者。威爾森教授是《牛津英國文學全集》

的編輯之一，也是路易斯大學時代的導師。他於第一次大戰期間被派赴索瑪戰場作戰，受到嚴重槍傷。日後，路易斯擔任劍橋講座教席，他也是推手之一。

路易斯延續對十六世紀作家艾德蒙．史賓賽（*Edmund Spencer*）的熱愛，陸續發表多篇討論他作品的著作和文章。大衛．羅素（*David L. Russell*）指出：「大多數的文藝批評都是針對當代作家，唯獨路易斯鍾情於可讀性高有價值的作品，即便作者是數個世代以前的人物，這說明路易斯是個高度敬業的學者。」

《愛的隱喻》被公認為二十世紀最傑出的文學批評著作之一。傑克．班納特（*Jack Arthur Walter Bennett*，*1911-1981*）教授是路易斯劍橋教席的繼任者，他說：「路易斯以哲學和邏輯方法檢視中世紀文學，為那個時代的作品呈現新面向。」

路易斯於一九二八年開始撰寫《愛的隱喻》，完成於一九三五年，期間涵蓋他由無神論轉換有神論乃至基督徒的宗教轉變。一九三四年著作即將完成時，他在一封致友人的信裡建議，要了解中古世紀，必須透過但丁的《神曲》、中世紀文學中的愛情故事、古典文學作品，以及聖經和新約次經。

中世紀文學作品，為路易斯的小說和著作提供豐富素材，如同托爾金也是受其影響。路易斯的學術論文大都關於這個時代，包括十六世紀以及整個文藝復興時代，認為這些作品都屬於同一個智識活動和想像創造的脈絡。他撰作的科幻小說展現中世紀的時空背景，譬如《納尼亞魔法王國》系列，顯示他企圖為當時代讀者重建那個大時代的意象。

路易斯在為《愛的隱喻》找尋出版者時，曾徵詢牛津大學出版社的意願。他向出版社解釋這本書涵蓋兩個大主題：其一是寓言的萌生和發展，由第四世紀天主教拉丁詩人普登爵（*Prudentius*）至史賓賽的詩作中追尋其軌跡。其二是浪漫主義的興起和發展。最後，牛津大學欣然答應為他出版。

這本書的智性精神，陳述於下列這段論說：

> 如果我們能成功地運用歷史想像，重建隱喻愛情詩篇所表徵的心靈，當有助於我們瞭解現代甚至未來的文學作品，——〔愛〕這個字所呈現的意義，自黑暗時期甚至古典時期，已自文學作品裡消失。——我們必須探究，原本在文學作品裡隱喻的意義，為何現在露骨呈現於詩作中，以及隱喻詩如何能在中世紀時期廣受歡迎。

路易斯解釋隱喻的特質：「作者心底認為自己的感情並不真實，而是想像創設所生。……隱喻是一種表達方式，使人們的注意力轉向內觀——隱喻手法增添文學裡的主觀要素，繪飾內心世界。」

在《愛的隱喻》裡，路易斯表明，希望讀者能深入作者的內心世界。他大量運用「內容評論」的方式，認為這是最有價值的文學批評方法，並指出：「找出作者的真意，每一個艱難字的確實意義，以及字裡行間隱喻的內容，如此，比起一百種新詮釋更有價值。」顯示路易斯相當尊重作者的創作意念。文學史家哈利·巴莫指出：路易斯在《愛的隱喻》以及《十六世紀英國文學》裡，重建舊式文學批評的生命。巴莫認為，這項重建工作，比被批評的文學作品更具價值。值得注意的事，雖然路易斯在著作中的結論沒有被全盤接受，但學者們仍認為這本書是文學批評的經典之作，自有其歷史地位。

《愛的隱喻》序言中，路易斯特別向托爾金、迪森和巴菲德三位朋友致謝，指出他們三人對這本書的撰寫貢獻若干寶貴意見：

每一個朋友都是我學習的對象。我首先必須感謝我的父親，他收藏一屋子的書，使我小時候獨自一人在家時，即養成閱讀習慣，影響直至現在。此外，我只能選出幾個對這本書有特別貢獻的人，他們教導我不可過於「護古」，應將我們的時代視為歷史上的時代之一。我期許自己能盡力發揚這些觀點。

路易斯發現一股新文藝批評風潮逐漸興起，由劍橋大學英文系的李察司領軍。這股風潮對托爾金的衝擊較小，因為他改革牛津英文戲課程的計劃，已在一九三一年被接受並實施，充分說明源自劍橋大學的新文藝批評，已然對文學理論造成重大影響。劍橋大學自一九二八年改革英文系的課程之後，學術路線與牛津大學英文系顯然不同。盎格魯薩克遜方面的課程改為選修，引進「實證批評」，前莎士比亞時代的研究大為縮減，當代作家的作品列入課程。新學派企圖重新評價傳統文學巨擘的地位，包括路易斯最喜愛的作家米爾頓、雪萊等。

對抗這股新風潮，路易斯挺身而出，撰文駁斥艾略特對於雪萊的貶抑。此外，新學派認為，詩歌是詩人個人感情的抒發，路易斯也大不以為然。他在一九三〇年發表的論文中指出，這種觀點是「個人異端」，結果爆發了他與劍橋大學教授奧斯坦斯・提雅德（*Eustace Tillyard*）之間的論戰。提雅德在他的著作《米爾頓》（*Milton*）書中揭示詩歌是詩人個人感情的觀點。路易斯在一篇文章裡先摘述他的論述，而後加以駁斥，提雅德再加以反擊。你來我往的文章，最後彙集成兩人合著的著作。

提雅德認為，詩歌表徵詩人的成長背景和遭遇，因此，研讀詩歌必須先瞭解詩人。路易斯則重視文學作品的內在本質，認為詩歌是一種藝術成品，由字義演變的過程可見它的特質。研究詩人的文化背景，社會歷練和創作動機確有其必要，但是我們讀詩時，應該與詩人與觀，而不是注意詩人的心理狀態。欣賞詩歌是用詩人的眼睛看世界。詩人的意識是我們了解詩的條件之一，但不是了解詩這件事本身。路易斯的觀念後來融入新文學批評學派，使新學派重視文學作品的內在特質，呈現於約翰・藍森（*John Crowe Ransom*）的經典著作《新批評》（*The New Criticism*）。

讀者水準有高低

路易斯認為，對於米爾頓的誤解和貶抑，是一個極大的警訊，表示新批評學派逐漸走向精英主義。路易斯博覽群籍，直覺告訴他，文學作品並沒有高格調和低格調之分、經典與通俗之分，甚至沒有好作品與壞作品之分——但是讀者有高低水準之分。路易斯認為，文學的目的在於愉悅讀者，因此，品評一本書的好壞，應該依據讀者閱讀這本書的動機來判斷。與其品評一本書的優劣，不如反向追溯讀者讀它的原因，從而判斷讀者水準高低。路易斯在他一九六一年論文〈文學批評實驗〉裡指出：「好讀者以嚴肅的心情閱讀每一本書，專心一意，用心吸收。」基於這個觀念，路易斯在著作序文中感謝的對象，除了托爾金等好朋友之外，尚包括莎士比亞、班揚、米爾頓、喬叟等人。他的觀點非常清楚：我們應該吸收文學作品，而不是分析文學作品。

劍橋大學的文藝理論雖然遵奉現代主義，學風仍然尊重自由主義，允許百花齊放、百家爭鳴。一九五四年，劍橋大學給予路易斯英文講座教授教席的榮銜。相當諷刺的是，路易斯任教牛津大學近三十年，牛津始終不授與他渴望卻始終不曾獲得的殊榮。一九三八年春季學期起，路易斯開始在劍橋英文系演講，每週一次，講題為文藝復興時期文學。之前，他曾應亨利·班奈特之邀，前往演講十六世紀英國文學。班奈特是劍橋英文系重量級人物，他認為劍橋大學新文藝批評的氣焰過熱，應該邀請不同的意見發聲。

受邀定期前往劍橋大學演講之前，路易斯寫信給好友傑金，提出他的困惑：「這學期起，我將每週前往劍橋大學演講一次。但你是否記得，我曾確認過文藝復興從未發生，我現在卻要演講這個題目。你認為，在這種情況下，我是否仍應以文藝復興為講題？」路易斯認為，當代主義的興起，遠比文藝復興任何的文學運動更具重要性。一九五四年，路易斯於劍橋講座教授的就職演講詞中指出，十六世紀英國文學的基調，在於其傳承延續性，而非基本變革。最後，路易斯一九三八年的劍橋演講，題目改為《新知識與新無知》，探討中世紀時期和文藝復興時期之間的延續性。

和路易斯一比，托爾金的學術著作數量稀少，他將大部分精力用於授課和導師職務。一九三六年十一月二十五日，托爾金應倫敦的英文學院（*English Academy*）邀請，前往演講，艾迪絲陪同出席了這個重要場合，講題為〈《戰狼》：怪獸及其評論〉。托爾金在演講中，盛讚這篇古英文詩篇的藝術完整性（《戰狼》最早的的手寫稿出現於西元一千年左右）。唐納．弗來（*Donald K. Fry*）說：「這場演講，徹底顛覆了傳統的《戰狼》研究。」如同一九三九年的《論奇幻文學》演講，《戰狼》演講對於托爾金的學術研究和寫作均有關鍵重要性。

在這場演講中，托爾金認為現存對於《戰狼》的批評非常不恰當，指出這些批評並沒有將詩視為詩，以藝術觀點來檢視作品，而是將詩作為研究歷史的素材。評論者並沒有正視詩中的兩大怪獸是主角，是觀察的重點。托爾金認為，審視詩篇的「結構和進程」應以兩隻怪獸為主軸。

托爾金主張，《戰狼》的作者基於對真實歷史的觀察，激發想像，進而創造作品。詩人以其天生的歷史感，遂行其藝術及詩歌的目的。托爾金告訴聽眾：「迄今，學者們對《戰狼》只有偶然式的歷史資料興趣，事實上，它是優美而有力的詩作，其價值遠勝其中的史實。」托爾金認為，我們應該以文學觀點來研究《戰狼》，還給它英文古詩的原本地位，重點不該是考據作者使用的史料，而是正視作者的作品。

論及詩中居於樞紐地位的怪獸，托爾金解釋說，那正是《戰狼》得以成為經典作品的關鍵。怪獸具有「想像的神話模式」，提昇了詩篇的力量。托爾金主張的研讀《戰狼》方法，出自於他的親身經驗：「神話的構成不是由分析和推理而來。詩人想要表現的是他的感覺，而不是條理分明的事實。他企圖呈現他心目中的歷史和地理格局，而且他成功了。」托爾金明確指出，運用錯誤方法研究神話故事的危險性和困難性：

他們的缺點在於：除非很小心，並且擅長以比喻敘事，否則他會把研究客體生挖活剮至死，只成就一個形式上或是機械式的隱喻，比較可能的情況是造了一個根本行不通的隱喻。因為神話是一個活的整體，你若要支解它，不消你動手，它就死了。還有另外一種可能性，即是被神話的力量感動，以致忽略了它表達的意念，而專注於神話亦有的屬性，如音韻的藝術、風格或是修辭技巧等。

戰狼是一個屠龍勇士。托爾金認為龍是非常有力的象徵：「比一般英雄更巨大的就在我們眼前，人所面對的是比任何同類的對手都要邪惡的敵人。然而，同時，這物事卻曾以形體存在於時間之中、行走於神話的時代。」托爾金指出，《戰狼》

作者不但運用新手法引述舊傳說，「並給予詮釋」。在這篇詩裡，我們見到「人類在仇恨的世界中戰鬥，最後終於獲得勝利。」邪惡力量是故事發展的動力。《戰狼》「出於一位基督徒的想像，在北蠻時代東征西討，因此具有高貴和紳士情操，雖然戰狼（按照想像）是個異教徒。」

《戰狼》融合了基督宗教和古代北蠻、舊傳說和新思維。作者還並沒有運用隱喻手法，隱喻是稍後的創作技巧。詩篇裡的巨龍是邪惡的象徵，仍維持異教北蠻傳說中的形象，並非隱喻人類原罪的邪惡。作者關切的是「地上的人」，而不是往天鄉的旅途。「每一個人，所有的人，以及所有的努力，都將滅去——只留下失望的黑暗的和悔恨的嘆息。失敗的氣息在空氣中飄蕩。」詩人感受這股氣息，以詩歌表達，但仍深信終將戰勝黑暗。

《戰狼》的作者探索異教徒的想像世界，激發托爾金在《魔戒》裡作同樣的探索。絕大部分托爾金的作品，場景都設定於耶穌降生前的異教徒時期。托爾金於演講結論時指出：「《戰狼》是描述古代異教徒的詩篇——由一位有學問的人在古時候撰寫而成。他回溯英雄主義以及英雄的悲情，覺得其中有永恆的象徵。作者不可能是一個困惑的半異教徒，以歷史觀點而言，也不應存在這種類型的人，但他或許是第一個傳達基督思想的人。」

有許多人將《戰狼》的作者與托爾金相比較：托爾金是一個基督徒作家，回顧遠古時代歐洲北蠻的想像世界，即中土世界；《戰狼》的作者也是一個基督徒，回顧遠古異教徒的想像世界。他們都用龍和其他的巨大象徵，編織他們的故事；都運用象徵而不使用隱喻。《戰狼》的作者不重視傳說的起源，而偏重傳說的內容；托爾金也一樣，創造一個真實的歷史影像和深邃歷史感。

一九三九年三月，托爾金搭乘火車前往蘇格蘭的安德魯大學，受邀為一年一度的盛事「蘭格講座（*Andrew Lang*，*1844-1912*，學者、小說家、童話故事編纂者）」發表演講。大學方面指定講題《論奇幻文學》（*On Fairy Stories*），托爾金闡述他對於想像以及「潛創造」（*sub-creation*）的基本觀念。

這篇演講，是瞭解托爾金中土世界背後神學思想的關鍵材料：托爾金以兩種相關聯的方法聯繫上帝與人類。首先，托爾金是一個基督徒，認為上帝照祂的形象創造人類。因此，人類與世界上其他的事物本質上迥然不同。人類能說話，能愛，能創造幻想，因為我們具有祂的形象。第二個聯繫上帝與人類的方法則是，上帝創造的世界和人類創造的世界，有其相似的必然性。人類因為照上帝的形象被創造，因此具有創造力。

托爾金在演講中，並沒有明確說明，這兩種相關的聯繫上帝和人類的方法，但他的講詞和作品確實以這兩個方法為基礎。《論奇幻文學》演講的主要目的，在於回復神仙故事（*fairy stories*）在成人心目中的本來地位，不再淪為兒童的床邊故事。托爾金表示，若認為奇幻文學是末道小技，只適合兒童，對神話故事和兒童都不公平。

托爾金此時已完成《精靈寶鑽》的主要建構，並出版了《哈比人》，透過這篇演說，希望能為奇幻文學建立理論基礎，證明奇幻作品值得重視。

托爾金指出，神話故事是關於神仙故事：「是在神仙領域裡存在的神仙。」讀過《戰狼》演講稿的聽眾，會發現他對於英文古詩的見地並無改變。托爾金曾說，《戰狼》作者企圖呈現他心目中的歷史和地理格局，而且他成功了。奇幻文學也一樣，使讀者脫離有限的經驗世界，「以檢視時間和空間的深度。」成功的奇幻文學是一種「潛創造」，是幻想的最終成就，是最高級的藝術，是人類語言自身衍生的力量。成功的奇幻文學作家「創造人類心靈得以進入的另個世界，在其中，作者的敘述都是真實的，與那個世界的規則相符合。」

除了創造另個世界，以及其中的「真實一致性」之外，托爾金認為，一篇好的奇幻文學作品，必須具有三項構作面向。首先，它必須協助讀者，回復對於平凡且卑微事物的真實意義觀，那些事物正是構成人類生活的要素，如愛、思想、樹木、山丘、食物等。托爾金稱這個過程為「治癒」。其次，它能使讀者逃離對於真實偏狹且陳腐的觀念——像囚犯一樣逃跑，而不是因厭惡而捨棄。第三，好的奇幻作品能提供慰藉，帶來歡愉。托爾金說，這種慰藉存在的根由，在於好作品就是偉大的作品，譬如福音書。福音書敘述西元第一世紀故事，具有奇幻文學必須具備的構作面向，並且是真實的歷史——最偉大的作者自己置身於故事之中。托爾金相信，上帝在那個時候降臨塵世，巧扮成俗人，他明明是宛如亞拉岡的王者，卻巧扮成傻瓜，和佛羅多一樣，犧牲自己的性命在所不惜、去摧毀魔戒。

藉由公開演講的方式，揭示對奇幻文學的觀點，給予托爾金極大的鼓舞。自一九三七年十二月起，此後數年，他致力於寫作《魔戒》，創造新的哈比人，夙夜匪懈。下筆、刪改，永無止境。

文學史家哈利・巴莫曾受教於路易斯，他主張，一九三〇年代的英國文學是基督宗教思想的「次文藝復興時期」。那不是一種自覺運動，也與吉光片羽社之類的社團無關，而是各個作者對於神學自由主義的反思。神學自由主義則是當代主義衝擊的產物。其結果是許多作家放棄機械論，回歸正統基督教信仰，如路易斯於一九三一年的悔悟改信。另外，若干作家如托爾金，則自始不曾放棄他們自孩童時代即有的信仰。路易斯和托爾金都是這個時期的重要作家。

「次文藝復興時期」起始的重要指標，是一九二八年時，坎特培理副主教喬治・貝爾（*George Bell*）決定重拾傳統，恢復在教會的戲劇演出。貝爾成立坎特培理音樂戲劇藝術節，立刻吸引了許多人共襄盛舉。一九三五年，艾略特的詩劇《聖堂殉道記》（*Murder in The Cathedral*）即在這個節日首演。次年，查理斯・威廉斯的劇本也在此演出。

除了艾略特，其他的基督徒作家像是葛林（*Graham Greene*）、易夫林・華歐（*Evelyn Waugh*）和克里斯多弗・佛萊（*Christopher Fry*）都對一九三〇年代形成巨大的影響。桃樂絲・賽亞斯自一九二〇年代即開始創作以溫希爵士（*Lord Peter Wimsey*）為主人翁的系列推理小說；查理斯・威廉斯致力於文學批評並創作超自然驚悚小說，如《獅之鄉》，致使路易斯和托爾金都注意到他的作品。經由威廉斯的推薦，賽亞斯也開始為坎特培理節寫劇本。一九三七年，托爾金出版《哈比人》；一九四〇年，奧登受到威廉斯前一年出版的教會史《鴿之衰微》（*Descent of the Dove*）啟發，提筆書寫《新年書帖》（*New Year Letter*）。

路易斯和托爾金都沒有和當時代的文化思潮脫節，這點和他們的自覺不太一樣。哈利・巴莫指出：

路易斯開始創作之時，正值「次文藝復興」運動開端，他隨即於一九三三年出版《浪子回頭》。一九三〇年代是這項思潮運動的全盛時期，艾略特的《聖灰星期三》（*Ash Wednesday*）出版於一九三〇年，《聖堂殉道記》完稿於一九三五年。查理斯・威廉斯的《天堂之戰》出版於一九三〇年，《獅之鄉》出版於一九三一年，《好牌》（*The Greater Trumps*）出版於一九三二年，劇作《克藍莫主教》（*Thomas Cranmer of Canterbury*）完成於一九三六年。賽亞斯的劇作《對禰殿宇的熱忱》（*Zeal Of Thy House*）於一九三七年在坎特培理大教堂演出。同年，托爾金出版《哈比人》；接著，一九三八年，路易斯出版《沉默星辰之外》。

因此，文學史家回顧英國文學一九三〇年代及一九四〇年代的作品，將發現路易斯和查理斯・威廉斯正是「次文藝復興」時期的主要戰將。

經過數十年，再回首這段時期的作品，更能察覺它的主流傾向。其中最重要的，是托爾金和路易斯自一九三三年秋季學期始，集合數個愛好文學的朋友，組成吉光片羽社。於是，迄一九四九年的十六年間，社員不間斷地定期聚會，通常是每週四晚上在瑪格大倫學院路易斯的研究室，以及每週一和週二午餐前在位於吉勒斯街上（*St. Giles*）的酒館，店名「鷹與嬰」（*Eagle and Child*），當地人管這家酒館叫「鳥與嬰」（*Bird and Baby*）。一九四九年後，社員聚會的次數銳減，聚會時也不再朗讀社員的作品。吉光片羽社早期的成員包括路易斯和哥哥華倫、托爾金、迪森、哈佛醫生（*Robert Harvard*）、亞當・法克斯（*Adam Fox*）等人，巴菲德偶爾來插花。奈威・柯希（*Nevill Coghill*）哪次會來則是無可捉摸。

吉光片羽社星期二的聚會在當地非常有名，推理小說家愛德蒙・克里斯賓（*Edmund Crispin*）於一九四七年出版的犯罪小說《天鵝之歌》（*Swan Song*），即以這個聚會為場景。小說裡的主角菲恩（*Gervase Fen*）係牛津大學的英國文學教授，也是個私家偵探，克里斯賓以他寫了一系列推理小說。這本書其中一段對話為：

「喲！北國的寒氣像鷹喙般銳利！」菲恩說著，兜攏衣扣：「目前看來，謀殺的大好時機還沒到，得再等等。」

亞當、伊莉莎白、弗瑞曼爵士和菲恩在「鳥與嬰」進門處的小客廳，圍著溫暖的爐火，輕啜著酒，好讓自己舒服些。窗外，稀疏細雪凝入寒風……。

「路易斯來了，」菲恩突然說：「今天想必是星期二。」

「確實是星期二。」弗瑞曼擦燃一根火柴，鼓腮吹他的菸斗。

「你似乎買了最不容易燃著的菸絲。」菲恩說。

Chapter Five

吉光片羽社

（1933～1939）

路易斯推開「鷹與嬰」酒館的大門，看見小客廳內三男一女七嘴八舌在討論。時間是一九三七年寒冬某日午前，他的外套上還沾著幾片雪花。路易斯有點喘不過氣來，因為剛才在瑪格大倫學院的研究室裡，第二個導生有點逾時，他不得不跑著趕來參加聚會。他知道自己遲到了，必然已過了十一點半，但他不知道確實的時間。路易斯煩厭必須時常記得上緊發條，從不戴手錶。

經過小客廳旁往後面小房間走去途中，路易斯聽到那三男一女竊竊私語，似乎提到他的名字。他有點吃驚，轉過頭去看他們，只見那女人長得十分秀麗，那老傢伙穿著牛津人的夾克和法蘭絨褲，另一個人則穿軍服，叼著菸斗。他們看起來像是推理小說裡的偵探群，前來調查謀殺案。路易斯是地方知名人士（至少在這小酒館很有名），無須理會他們，繼續向前走。

吉光片羽社的聚會已經開始了，社員聚在稱為「兔房」的小間內。路易斯在門外就聽到他們的高談闊論和笑聲。房間裡，托爾金咬著菸斗，努力找機會談他的

「哈比人」，因為華倫．路易斯正在向哈佛醫生吹噓他的摩托車；法克斯鬆開教士服高領，好讓自己舒服些；奈威．柯希興致盎然地研究一本剛出版的《哈比人》。托爾金為酒館的女侍帶來一本，因為她在上週聚會湊巧聽見他們的談話，恍然大悟這位紳士就是為孩子們寫了本書的托爾金先生。迪森沒到，因為瑞丁大學的事務抽不開身，否則今天的聲音還要更大。長桌上啤酒杯和西打杯雜錯，柯希叼一根香菸，翻閱著《哈比人》，不時點頭，偶一抬頭，看見路易斯進來，忙招呼道：「路易斯，要不要來根菸？」路易斯坐定，向每個人問好之際，托爾金逮著發言的機會。

「哈比人具有所謂的普世道德──它們也是尋常人。」

「你的意思是說，哈比人在牛津人很尋常？」柯希慢條斯理的說，他笑的時候露出亂牙。

托爾金拒絕被類比：「我只能說，它們是自然哲學和自然宗教的表徵。」

「如果我沒有誤會你的意思，它們是基督降生之前異教徒中最好的人了。」路易斯插入對話，臉上表露出對這個話題充滿興趣。

「正是！」托爾金說：「我正在構思下一場演講會的內容，路易斯也知道，主題是討論奇幻故事。我將辨正奇幻故事的正確地位，說明它們並不是專寫給小孩子看的。我寫《哈比人》時，就犯了這樣的錯誤。好的文學作品應該是偉大的文學作品。」

「是神話與事實的結合。」路易斯加上一句。

神職人員法克斯打破沉默：「我認為，閱讀福音書也因該採用同樣的態度。現代主義那幫人不承認福音書是真實的敘述。他們無法瞭解想像，換句話說，他們不懂柏拉圖。」

哈佛醫生站起來，表示願意請大家喝一杯，討論暫時打住。

托爾金描述吉光片羽社是一個「圍繞著路易斯、沒有特定目標、未經刻意選擇的一群朋友，在瑪格大倫學院內聚會——聚會時，通常朗誦各種文學作品，長短不拘。」吉光片羽社給予路易斯和托爾金愉悅而豐富的時光，尤其是路易斯。兩位好友其實都同時參加數個社團。托爾金說，路易斯認為吉光片羽社彷彿是家人聚會：

「路易斯喜愛聆聽朗讀作品，而且他記憶力驚人，理解力強，能及時提出評論。社員中沒有一個人有他的功力。」

托爾金在一封致友人的信中，提及吉光片羽社名的由來。當時牛津大學生有許多社團，其中一個名「吉光片羽」，成員聚會時朗讀各自的詩作或小說，挑選其中較佳的集合成冊。托爾金曾應邀前往這個社團朗誦作品，嗣後托爾金和路易斯都成為這個學生社團的教職員社員。牛津大學生的吉光片羽社成立一或兩年後，如許多學生社團一樣無疾而終，於是，一九三三年夏天，這個名字成為路易斯一群朋友集會使用的名稱，並承襲聚會時朗讀作品的形式。

吉光片羽社對托爾金的寫作具有重要影響，尤其是在撰寫《魔戒》的一九三七年至一九四九年之間。社團沒有規章，因此也沒有聚會時的紀錄。托爾金和路易斯經常碰面，因此彼此間信件往來不多，談話也沒有紀錄下來。托爾金讚嘆傳記文學名家詹姆斯．包威爾（*James Boswell*）的傳世之作《薩謬爾．強生傳》（*The Life of Samuel Johson*）之餘，發出這樣的評語：「吉光片羽社沒有紀錄，何況，路易斯也不是包威爾。」托爾金毋庸置疑是這群文學朋友的要角，但這群人確實是靠著路易斯的熱情聚集起來的。和路易斯比較之下，托爾金的個性較保守，雖然他個性很好、與人為善，要好的朋友不多也很自然。

吉光片羽社成員自一九三〇年起每週聚會兩次，一次是週二早上在「鷹與嬰」酒館，一次是週四晚上在瑪格大倫學院路易斯的研究室。晚上的聚會較富於文藝氣息，成員朗讀自己的作品，接受他人的批評和鼓勵。新的「哈比人」、也就是《魔戒》自一九三七年起在聚會中朗誦。

探究托爾金和路易斯的關係時，我們遭遇一個問題：他們倆人誰受吉光片羽社的友情滋潤較多？毫無疑問地，社團源於兩人的友情擴展而成。路易斯在《四種愛》（*The Four Loves*）這本書中，詳細說明吉光片羽社成長的過程：

我的每一個朋友身上，都有一些東西是另一個朋友才能使之充分展露的。光只有我一個人，我亮度不足，無法讓一個人的全面性都顯現，我需要其他人的光芒，才能讓這個人的多面性呈現出來。查理斯．威廉斯已死，爾後我再也見不到托爾金聽他講笑話時的反應。威廉斯遠去，我不但失去一個好友，也失去托爾金與威廉斯對話時我從中擷取的助益，我從托爾金身上獲得的，也相形減少。因此，真正的友誼是最不善妒的愛。兩個好朋友欣喜於第三者甚至第四者的加入，只要這個人夠資格成為真的好朋友。然而，真正心有靈犀一點通的密友，可遇不可求，因此社團成員的擴展受到限制。此外，房間的大小，以及朗讀限於有限人數的客觀條件，也是考慮因素之一。儘管受到這些限制，成員的數目每有增加，每個人所得到的友誼非但沒有減損，反而日益加深。

路易斯確實聰明過人，能悟出友誼是各種愛中最不善妒的，但是人很複雜，友誼也是。托爾金記憶深處，埋藏著巴洛社成員的濃密交情，追懷不已。可惜四個好友被戰爭拆散，兩個戰死，其他兩個也各奔東西。之後，托爾金在里茲大學任教的時間甚短，不足以結交好友。來到牛津大學後，他得以和路易斯分享創造語言的秘密和中土世界的奇境。

事實上，托爾金在創作的道路上，愈來愈仰賴路易斯的鼓舞，托爾金創作的內容經常使路易斯感動落淚。三〇年代，吉光片羽社還是一個小而親密的團體，托爾金喜歡社裡的一切。隨著社團擴展，尤其是查理斯·威廉斯加入後，托爾金覺得路易斯的注意力已轉移。大團體的活潑熱鬧適合路易斯，卻不適合托爾金。托爾金確實有失落感，再加上一點點嫉妒，感覺愈來愈不對勁。但他是個有風度的人，仍然持續參加聚會，並向每一個社員伸出友誼的手。

路易斯死後數年，一九六九年，巴菲德在美國憶及路易斯，提及他擅於影響他人的魅力。巴菲德說，路易斯具有一種令人無法抗拒的親和力和領導力，「興奮的時候拉高嗓門」，主導聚會的氣氛和討論主題。有一次，討論到路易斯不感興趣的問題（想必是政治或是經濟議題），他即轉過身去，拿起一本書來看，毫不理會聚會仍然進行中。其次，討論複雜的主題時，路易斯必然硬拗成屬於道德議題或道德問題，如果有人不同意，路易斯就會提醒他應該是這樣才對。

吉光片羽社於一九三三年秋天成立，導致吃炭人社無疾而終，或也可以說是功成身退罷。吃炭人社的三個重要成員托爾金、路易斯與柯希成為吉光片羽社的社員。查理斯．烏倫（*Charles Wrenn*）於一九三〇年加入牛津教員行列，協助托爾金的盎格魯撒克遜課程教學，於吉光片羽社成立初期，即獲邀請加入。稍後，瑪格大倫學院神學堂執事法克斯也獲邀加入。

社團是非正式的，自然沒有會員制度。唯一的資格限制是，入會者必須是路易斯的朋友或獲得路易斯的邀請。社員公認路易斯是領導人，雖然他個性主觀，但不至於在聚會時發生摩擦。基本上，吉光片羽社員人人平等。

由於吉光片羽社早期沒有留下任何文字紀錄，我們只能猜測聚會時討論哪些議題？朗讀了什麼人的作品？路易斯的《浪子回頭》在社團成立前已寫就，托爾金的《哈比人》於一九三二年底也已完成大部分，因為托爾金曾將手稿給路易斯閱讀。或許，《哈比人》的最後章節曾在吉光片羽社朗讀，但這只是揣測而已。

「無用的江湖郎中」

直到哈佛醫生獲邀參加吉光片羽社，我們才得以知曉社團聚會的詳細內容。根據哈佛的記憶，他於一九三五年加入吉光片羽社。之前，路易斯因為流行性感冒前往看診，哈佛告訴他，感冒與中世紀時期曾出現過的滿天星斗異象有關。不久之後，路易斯邀請哈佛參加吉光片羽社，因為他對於「宗教性哲學討論」有興趣。他得到的社團介紹是，吉光片羽社每週四晚上聚會，朗讀社員的作品，並互相討論。哈佛加入後，發現成員都是路易斯的朋友。哈佛說，數年後他一覺醒來，發現他的吉光片羽朋友都已是赫赫有名的人物。

在吉光片羽社裡，哈佛醫生只有當聽眾的份，朋友給他個暱稱，叫「無用的江湖郎中」。哈佛的父親是聖公會牧師，一九二二年獲得牛津化學學位後，繼續攻讀醫學。一九三四年，他在牛津執業，在黑丁頓和聖吉勒斯區都有診所。哈佛已於一九三一年改信羅馬天主教，是受到納克斯（*Ronald Knox*）的影響，因此他（加入吉光片羽社之後）發現自己和托爾金的理念相當接近。

根據哈佛的回憶，吉光片羽社的成員都是基督徒。基本上，他們對教會並不滿意，但並不是不滿基督信仰。

哈佛醫生說，成員們對於路易斯並非必恭必敬，完全沒想到他日後竟然成為名人。社員們認為路易斯只是成員之一，當他朗讀作品時，其他人有話直說，有讚揚也有貶抑，但大多時候他們都欣賞他的作品。哈佛認為，社員中沒有人自覺自己身分不同，只是一群朋友的組合。吉光片羽社沒有規章，也無須繳納任何費用，但路易斯常慷慨請客。根據哈佛醫生的親身體驗，吉光片羽社是他參加過最自由最輕鬆的社團聚會，社員們可以暢所欲言、「無須謙讓或隱瞞」。

哈佛醫生形容他初識托爾金與路易斯的印象：

他們是完全不同的類型。路易斯高大偉碩，十足的壯漢，體型上和性格上都如此。托爾金身量較小，差不多只有路易斯的四分之三，他雖然有自己的看法，但從不堅持己見，也不衝撞他人意見。托爾金說起話來婉轉迂迴，路易斯則直截了當。他們倆個都聰明過人，但個性迥然不同。對於托爾金，我很容易想到滑溜這兩個字，雖然不很恰當，但我不是指他所有的行為，而是他表達意見的方式。他可以從一個主題滑溜至另一個主題，猶如木匠在作坊內工作。用這些詞彙來形容他們或許不恰當，但他們兩人近距離接觸時，確實呈現極大差異。更令人驚異的是，這兩個個性完全不同的人，竟然成為莫逆之交。

多年後巴菲德仔細思考，認為吉光片羽社社員具有「共通點——即他們的世界觀，並不是某種原則或主義，而是一種價值觀。」巴菲德不只對歷史及思想有興趣，對於文化變遷及其事物的表徵也有興趣，並與路易斯一起分享。

巴菲德的見解相當正確。共同的世界觀不只是吉光片羽社社員的特點，同樣的世界觀也是當時代圈外作家的信念，彰顯於一九三〇年代，成為爾後寫作風格的主流，並以托爾金和路易斯為代表。具有同樣世界觀的作家或朋友被邀請進入吉光片羽社，但受限於社團的人數，以及當年只有男性得以加入社團的不成文規定，女性無法成為社員。因此，桃樂絲・賽亞斯雖然也和他們意氣相投，卻不得其門而入。她曾在一九一六年發表主題為《超越之路》的演講，討論永恆這個問題：

有些人認為，另個世界在某個特定地方；但也有人認為，神的王國就在地上，在我們腳下。這完全是觀點的問題。地上的子民可以認知另個境界的存在。由塵世至神國如同由當下至永恆，那不是空間的旅程，而是心態的轉變。

如果我們說這段話出於路易斯或托爾金之口，沒有人會懷疑。同樣的世界觀出現於十九世紀詩人兼奇幻文學作家喬治・麥克唐納的作品和論文。對於另個世界的體認，導致觀念的改變和自覺，正是麥克唐納和賽亞斯以及吉光片羽社社員的共同點。他們認為塵世可體現永恆，這即是巴菲德所說的世界觀。

一九三六年二月某日，路易斯往訪柯希，後者向他推介查理斯・威廉斯的小說

《獅之鄉》，光是聽柯希描述書的內容，就讓路易斯心弦震盪，柯希於是借他一本回去拜讀。路易斯讀後欣喜若狂，於寫給葛李弗的信中指出，這本書融會聖經舊約創世紀與柏拉圖的觀念，討論創造之始，呈現世界存有的基型或原本。在威廉斯的小說裡，這些初始基型引領我們回覆其原本。創造的過程呈現反轉因此世界充滿危險。威廉斯小說以兩個男子在倫敦某巴士站等車開頭，他們遇見一隊人，正尋捕逃跑的母獅。然後他們看見那獅子被捕獲，關在一個大房子裡。男子之一安東尼的未婚妻正在撰寫關於柏拉圖觀念的論文，卻一點也不懂柏拉圖的觀念具有的力量。然後，他們看見另一頭獅子，於是開展戲劇性轉折：

安東尼和昆丁看見前頭有一個男人躺在地上，他身上站著一隻龐然猛獅，仰頭張口長嘯，顫動全身。然後，它停止吼嘯，定身凝神。年輕人從未見過這樣的一頭獅子，它體型異常巨大，而且似乎每一刻都在長大，——可怖而孤獨地佇立著——然後，它矯健地起步——就在他們的注視下進入陰暗的樹林，終於消失無蹤。

玄的是查理斯．威廉斯曾讀過路易斯《愛的隱喻》尚未出版的校稿，他並非編輯，只是匆忙瀏覽，為的是協助行銷販售。威廉斯擔任牛津大學出版部倫敦辦公室職員多年，經手的書甚多，但沒有一本書能讓他興奮到破例寫信向作者致讚許之意。就在他提筆準備寫信之時，一九三六年三月十一日，收到路易斯寄來的信，稱讚他的《獅之鄉》，並邀請威廉斯參加吉光片羽社：

閱讀你的作品，如同在異國突然聽聞鄉音的感動，也是我生命中最重要的文學經驗之一，猶如我閱讀麥克唐納或莫理斯。柯希向我介紹你的作品，然後我介紹給托爾金和我的哥哥。所以，至少有三個大學教授和一個軍人欣賞你的作品。我們有一個非正式的俱樂部叫做吉光片羽社，會員資格其實沒有什麼正式規定，只要是喜歡寫作而且是基督徒即可。誠摯邀請你前來參加我們下次聚會，與我們共進牛排餐，同時聊天討論。

查理斯．威廉斯立即函覆：

如果你延遲二十四小時寫信，我們將同時收到對方的來信。這是我第一次寫信給作者，同時他也寫信讚揚我作品。我日愈相信全知全能上帝的巧妙安排……。我認為你的書是但丁之後最傑出的著作，其中充分顯示了愛與信仰的一致性……。

威廉斯立即往訪吉光片羽社，路易斯也前往倫敦回拜。根據路易斯的信件，這趟倫敦之旅是一次「永難忘懷的午餐」，兩人在聖保羅大教堂的庭院內長談兩個小時。威廉斯送給路易斯一本自己新出版的書，並在扉頁上簽名記明贈書時地：「一九三八年七月四日兩點十分，謝理芙餐廳」。現今，在勒蓋德山腳下、鐵路橋下舊地重遊，已看不到這家威廉斯最喜歡的餐廳。

牛津大學出版部倫敦辦公室鄰近，聖保羅大教堂一帶，曾有許多著名的出版公司，如今都遭藍燈書屋（*Random House*）或哈潑柯林斯（*HarperCollins*）等跨國出版公司併購。其中一家名為「喬治、艾倫與歐文」（*George Allen & Unwin*），位於博物館街，是托爾金的出版商。一九三八年二月，托爾金寫信給史坦利・歐文，表示他的朋友路易斯有一本科幻小說待出版，曾在吉光片羽社朗讀過，受到社員們高度的肯定。

這本書即是《沉默星辰之外》，就如同路易斯的其他作品，都曾經接受吉光片羽社好友們的品鑑。對於托爾金和路易斯而言，社團聚會持續數年在他們的寫作和生活都扮演關鍵角色。

Chapter Six

《浪子回頭》與《哈比人》

（1930～1937）

一九二〇年代某年夏月某日的黃昏，一位個頭瘦小面容光鮮的男子，坐在敞開窗戶旁的書桌前，手上拿著一枝筆，手邊擺著一支菸斗和一木罐菸絲。夕陽餘暉照著他整齊的頭髮，編織成一圈閃亮光環，宛如王冠。明亮的書桌和周圍深暗色的書形成強烈對比。四圍牆壁都是書，由地板至天花板，淹沒了牆壁，向房門延伸，在入門處形成一個書的隧道。那男子工作時相當沉默，偶而發出：「歐，老天啊，」的嘆息，然後繼續埋首努力。書桌上堆著兩疊紙頁，都是學生們的學期考試卷，較高的那疊尚未批改，較矮的那疊已評等完畢。書桌邊另有一堆丟棄的手寫稿紙。

托爾金和路易斯一樣，必須改學生考卷，在差強人意的教員薪資外貼補家用。但是，托爾金其實寧可打造他的中土世界，創造會哭會笑的精靈，為它們取名字，讓它們去冒險奮鬥。

這是個平靜的午後，庭院裡傳來兒子們玩耍的喧鬧，面前堆積著等待評分的考卷。頃刻間，一切都改變了。托爾金翻過一頁考卷，那學生並沒有作答，整頁空白，彷彿提供他揮灑的空間，教授靈光一閃，在空白處寫道：「在地底的洞穴裡住著一個精靈。」通常，一個名字就能創造一個故事，托爾金開始思考這精靈應該叫什麼名字。

一九三二年底，托爾金交一疊手稿給路易斯閱讀，即是未完成的魔戒前傳《哈比人》。路易斯寫給葛李弗的信裡提及這疊手稿：「讀他的奇幻故事令人覺得不可思議——那正是我們在一九一六年時希望撰寫的東西。我覺得他不是在編撰，而是描述我們三人曾實際造訪的世界。」路易斯之前給葛李弗的信，已經興奮地描述他與托爾金的友誼，並與他們兩人之間的友誼相比較。路易斯說，托爾金也是和他們倆人一樣，從小看威廉．莫理斯和麥克唐納的著作。托爾金和路易斯一樣喜歡看浪漫小說，而且「他也同樣認為，浪漫文學必須隱指另個世界，讓讀者聽得到蓬萊仙境的絲弦。」

《哈比人》終於在一九三七年九月二十一日出版，首刷一千五百本，並有作者序言。奧登於一九五四年十月三十一日出刊的《紐約時報》評論托爾金的著作《魔戒首部曲：魔戒現身》，他指出：「《哈比人》是本世紀最佳的兒童讀物。」

或許托爾金在一九三〇年才開始動手撰寫《哈比人》，但他的兒子約翰和麥可說，他們在一九三〇年前已聽過父親講述其中內容。那麼，除了手寫版之外，還有數個口述版。顯示《哈比人》原本是父親說給兒子聽的故事，而後撰寫成童話，形成它的風格。也因此，《哈比人》一開始是獨立於《精靈寶鑽》之外，後來才嵌入他所創造的世界和歷史之中。故事中敘述哈比人進入中土世界，戲劇化地影響那個世界。《哈比人》屬中土世界的第一時期，年代先於《魔戒》。

書出之時，路易斯在《泰晤士報》文學增刊（*The Times Literary Supplement*）上撰文評論：「預言雖然有風險，但我仍然認為《哈比人》將是經典之作。」另一篇書評指出：「《哈比人》裡的族群，精靈、食人妖和半獸人，自成一個時空境界，宛如真實。」路易斯認為《哈比人》「只有英國人寫得出來——或許還有荷蘭人？」不同於一般小說塑造人物性格的方式，書中人物比爾博．巴金斯、山姆、佛羅多等讓人感受就是真正的「哈比人」，如同我們認識的甘道夫是巫師，或樹鬍是一個樹人。托爾金發揮技巧，使神話世界的族群具有整體特質。

《哈比人》書名與書中的人物比爾博．巴金斯（*Mr. Bilbo Baggins*）有關，他是一個複雜的角色，一個有錢的賊。比爾博．巴金斯出場之前，哈比人與其他族群融洽相處，本身豐饒富足，而且不冒險犯難、也不會做踰矩之事。比爾博．巴金斯的家是典型富有哈比人的住處，並非髒亂且佈滿灰塵，而是舒適整潔，有數個房間的地下洞穴，大堂通向數個房間，牆壁整飾，地面鋪磁磚，天花板是木頭做的，家具光潔，還有許多掛滿衣服和帽子的衣櫃。哈比人非常好客，喜歡受他人尊重，不做踰矩的行為，個性猶如托爾金幼時居住的英國中西部鄉村草民。

比爾博．巴金斯因為盜取巨龍寶藏被發現，名聲毀於一旦。但這窘境卻為他開啟了另一個世界，此後他潛心於翻譯和重述古老故事，宛如一個學者。這個冒險犯難的歷程也讓他的個性產生重大變化，但他終其一生還是保持哈比人低調樸實的特質。

在《哈比人》書中，有十三個矮人積極追尋失落已久的寶藏，那寶藏落入巨龍史莫格手中，日夜看守。他們經由巫師甘道夫的介紹，延請比爾博．巴金斯為他們偷回寶藏。比爾博・巴金斯原本在哈比屋內過著抽菸斗喝茶的悠閒生活，不願意嘗試任何冒險，但最後終於答應他們的要求。

前往偷寶藏的旅途中，比爾博・巴金斯總能因為運氣好，化解眾人遭遇的危險和禍害，使矮人日愈喜愛他。有一天，比爾博・巴金斯無意中打開一條黑暗的隧道，進入其中，與矮人隊伍脫離。

比爾博・巴金斯在隧道中發現一只魔戒，權力之戒，至尊之戒，但此時比爾博・巴金斯不知道它的效能，只知道它能使他隱形。於是，比爾博・巴金斯將魔戒放入口袋，繼續沿黑暗的隧道前進，穿越地中湖，來到咕魯居住的地方。咕魯受魔戒的護佑，已活了數個世紀之久，但他丟失了魔戒。比爾博・巴金斯和咕魯大打謎語戰，比爾博・巴金斯好運地逃脫，隱身魔戒之中，然後跟隨未察覺的咕魯，走出隧道，抵達山的那一邊。

比爾博・巴金斯與矮人重逢會合，引導眾人前往巨龍的地方。史莫格正在別處攻打侵略，一行人順利偷回寶藏。最後，比爾博・巴金斯和甘道夫回到家鄉，比爾博・巴金斯拒絕分贓寶藏，但保留了不為人知的魔戒，開啟了《魔戒》的故事。

文學評論家朔玲對於比爾博．巴金斯多面性格的描述相當簡要切中：「一個勇氣和潛力皆遠超過他體型的哈比人，再加上用不完的好運氣。」所謂的好運氣，其實是上蒼的賜與，並且是他化險為夷和解決困難的關鍵。

托爾金對比爾博．巴金斯母親的特殊血緣細加著墨，表示他並非尋常哈比人。這部份非哈比人的特質促使他參加冒險隊伍，偷回寶藏並取得魔戒。

比爾博．巴金斯尋得至尊之戒，連結了《哈比人》故事與日後撰寫的《魔戒》。托爾金知道，他必須重寫《哈比人》的第五章，使兩書的情節連結更為緊密。這項重寫工作在十年後才完成，也就是《魔戒》將完稿的時節。《哈比人》新版本遂於一九五一年出版。

托爾金寫作技巧發揮的極至，在於他將中土世界的神話故事，調整為適合孩子們的童話故事。相對於《精靈寶鑽》，《哈比人》的人名地名較簡易單純。路易斯在評論中指出：「一開始，故事中的族群即有極大的轉變，比矮人體型還小的哈比人出現，而且沒有長鬍子。而且，最後幾章出現奇幻情節。」這種風格的轉變啟發了托爾金撰寫成人奇幻小說的構想，此後十三年，他不再撰寫兒童神話。但出乎意料之外地，無數兒童都非常喜歡他為成人撰寫的《魔戒》。

就在托爾金嘔心瀝血完成《哈比人》之時，路易斯在兩週的渡假時間，完成一本為成人而寫的象徵小說。這不是個奇幻故事，卻具有奇幻故事的特質，書名為《浪子回頭》。這本書可已說是十七世紀《天路歷程》於二十世紀的迴響，也是路易斯第一次出版象徵小說，與托爾金第一次出版奇幻小說相輝映。托爾金雖然不像路易斯喜歡運用隱喻，仍然表示他欣賞這本書的價值。托爾金可能讀過《浪子回頭》的全部或部分手寫稿，他在一篇討論《戰狼》的論文裡，引用其中一首描寫巨龍的詩。

《浪子回頭》彰顯了路易斯與托爾金出於同源、但分杈別枝的宗教信仰。路易斯在新教徒的環境中長大，托爾金則從小受羅馬天主教薰陶。路易斯的書充滿對於觀念想像的喜悅，托爾金的書則充滿北國多彩的傳說，以及消失中的英格蘭中西部鄉村野趣。路易斯的作品也企圖掌握一些特質，但那是喜樂和不滿足的期望，即北蠻神話裡美麗的神祇巴德之死。托爾金耗費數年，才編織出中土世界的語言、歷史和地理；路易斯卻在短短兩週內完成一本書。

《浪子回頭》不僅傳承班揚的旅程，並且成為一九二〇和三〇年代的基督思想主流，影響及於今日。兩位好朋友互相精神扶持，終於分別成為彰顯世代的作家。他們是典型的學者兼作家的牛津學人。

路易斯致力於文學隱喻手法的研究，論述輯為《愛的隱喻》，表現於創作的則為《浪子回頭》。在文學領域，隱喻是經由虛構的敘述或描述，表達隱藏其中的意義，通常都是道德方面的。英國文學中最具代表性的作品即班揚的《天路歷程》以及艾德蒙．史賓賽的《仙后》（*Faerie Queene*），兩者皆是路易斯喜愛的作品。聖經寓言也是隱喻式的，作為一種導引方式。路易斯在一封信中為隱喻下定義：「一種創作——以虛設的俗世事物，表徵神性真實。」路易斯喜歡隱喻手法，出自於他喜歡精挑細選的個性，而且他精於當代之前的各種藝術技巧，包括希臘羅馬時代和中世紀以及文藝復興時期。

在《浪子回頭》書中，路易斯以文學手法敘述自一九三一年信奉基督之後的心路歷程，撰寫於一九三二年八月他返回北愛爾蘭渡假期間。這時，小時候的祖產家居已出售，他借住在距舊家一百碼的葛李弗家。嗣後他寫信給葛李弗，詢問好友是否願意做這本書的題獻對象：「從每一個角度看，它都是你的——在你家裡寫作，邊寫邊讀給你聽，而且，其中的重要部分是我們共享的經驗。」所謂的共享經驗即是渴想，尤其是對喜樂的渴想。

《浪子回頭》可以說是《天路歷程》和《聖戰》（*Holly War*）的二十世紀續篇。不同於班揚隱喻基督，路易斯書中的主角約翰是一個普通的現代人或朝聖者，即路易斯自己。約翰這名字或許投射出路易斯心中的偶像約翰．班揚。

影響《浪子回頭》的另一位作者是波埃修（*Boethius*，*480-525*），《哲學的慰藉》寫作年代約在西元五二五年，作者為基督徒殉道者，在等候處死時寫成。兩本書都有許多詩篇和韻文，波埃修有一位女同伴，代表哲學；約翰則由一位披藍色斗篷女武士，揮舞寶劍自巨人手中搶救約翰。巨人代表當代的精神，女武士代表理性：

騎士擲回披風，耀眼鎧甲光芒直射約翰的眼睛和巨人的臉龐。約翰看清是一個女子，花樣年華，身材高大，全身鎧甲，手執一把已出鞘的利劍。

在《浪子回頭》裡，約翰的追尋巧妙地以地圖方式呈現。路易斯將人類的靈魂分割成北部和南部兩大部分，北邊是智性的，南邊則是感性的，其間有一條筆直的道路分隔並相通。當然，故事中的約翰偏離這條正道，誠如年輕時的路易斯偏向智性。

善惡大對決

嗣後，路易斯亦將當時代的宗教思想之爭地理化，類比為世界大戰。他和托爾金逐漸認清，自己居於反當代思潮的陣營，不僅在文學觀念如此，智性思考亦復如是。他們共同承擔反對當代思潮的神聖使命。路易斯在一封一九三九年五月八日致友人書中說：「最後之戰的回憶，縈繞我夢中數年之久。」對於一位第一次世界大戰倖存老兵而言，思想之戰，是永不停止的世界大戰，是正義與邪惡之戰。稍後於〈自戰爭中學習〉論文中，路易斯進一步說明：「戰爭並沒有製造新情勢，戰爭只凸顯人類長久以來的所處的情境，使我們無法繼續忽視它。」

《浪子回頭》充分彰顯了一九二〇和三〇年代的知識界情勢，其思維的地理格局更是被廣泛應用，明確標示通向北界和南界的軍事路徑。於一九四三年三版序言裡，路易斯指出：「這兩條軍事路徑表徵來自地獄，對於人類本性的兩面夾擊。這兩條持續延伸的路徑猶如敵人的利爪，企圖侵入人類的靈魂。」

路易斯解釋說：「這是一場全面性的聖戰」，迎戰「來自地獄，對於人類本性（心靈和感官知覺）的兩面夾擊。」神學家詹姆斯．巴克（*James Packer*）指出，聖戰的觀念源自班揚和其他作家，猶如路易斯自己的戰爭，不僅撰成《浪子回頭》，而且「給予路易斯的作品形式和內容，而成為一個整體。」路易斯認為，來自於北邊和南邊對於人類靈魂的攻擊「雖然相斥卻同樣惡質，各自因對方的批判而壯大。」北邊軍人較冷靜，秉持「懷疑論或教條式或柏拉圖或亞里斯多德的嚴整系統，以正規軍和民兵的形式，形成堅強團體。」感性的南軍恰好相反「猶如無骨靈魂，日夜敞開大門迎接任何一個到訪者，饗予美酒——對南軍而言，每一個感覺都僅是感覺而已；對北軍而言，每一個感覺都是懷疑的對象。」

路易斯認為，兩種傾向都足以腐蝕人心。他於一九四三年在杜翰大學（*University of Durham*）的演講指出，除了筆直而狹隘的人類正道之外，我們別無選擇：「我們必須避開南軍和北軍的攻擊，執持正道。我們不是智性人，也不是感性人，而是人。」

北愛爾蘭故鄉：靈感泉源

約翰的悔悟並不是一趟單純旅程，因為他已偏離追尋蓬萊仙島的正道。路易斯筆下的的蓬萊仙島等同於班揚的選民之城。他在孩提時代曾驚鴻一瞥，長久以來，一直是他甜蜜想望的動力和目標，也是他獲得喜樂的期待。當約翰由仙母柯克（*Mother Kirk*）處獲知前往那島的途徑時，毅然轉折向東行。

約翰追尋蓬萊仙島，正是路易斯追尋喜樂的表徵，記述於他的自傳《驚喜》。這個追尋使沉迷於「慾望的辨證」的約翰，免於落入陷阱。

約翰出生於「新教國度」，從小就被教導對「房東」要心存畏懼。「新教國度」位於東方山脈的東緣，也是約翰最後返回的地方。雖然路易斯並無刻意以家鄉風光為藍本，仍然處處可見北愛爾蘭風光。約翰的父親、母親、廚子、管家、甚至喬治叔叔的用字遣詞，都充滿北愛爾蘭格調。當然，與這本書在北愛爾蘭撰成有關。下列這段文字充分彰顯這個特性：

「可憐的喬治叔叔收到停止租約的通知。」約翰的母親說。

「為什麼？」約翰不解：「你不知道租約期間多久嗎？」

「歐，我們真的不知道。我們以為租約很多年很多年。從來沒想到房東會突然通知，就要他搬走。」

「歐，房東根本不必事先通知，」管家插話：「你知道嗎，他有隨時要某人搬走的權力。他是個好人，讓我們一直住在這裡。」

「當然，當然。」母親說。

「確實沒話說。」父親說。

「我也沒什麼好抱怨的，」喬治叔叔說：「不過，這情況是有些困難。」

「一點也不，」管家說：「你只須前去城堡敲門，要求面見房東。你可知道，他不過是要你搬離這裡，去一個更舒服的地方……。」

一九三五年《浪子回頭》再版時，出版社擬在封面標題類比「新教國度」和北愛爾蘭，路易斯堅決反對。路易斯非常愛自己的家鄉，《浪子回頭》前數章滿是北愛爾蘭風光，《納尼亞》系列也是如此，但他不贊成在當地極活躍的新教激進團體奧蘭治組織（或稱橙黨）。他對家鄉的人也極為懷念，包括他的褓母以及家庭教師科克派翠克等人。

一九四三年新版的《浪子回頭》，路易斯以註釋的方式，詳細說明其中的隱喻。事實上，讀者應以賞讀的心態來看這本書，而不是解明每一個隱喻。讀這本書的目的在於追尋喜樂，並與路易斯的自傳《驚喜》相對照，將更能體會豐富的意義。

Chapter Seven

空間、時間和新哈比人

（1936～1939）

Chapter Seven

第七章　空間、時間和新哈比人（1936~1939）

瑪格大倫學院的研究室裡，路易斯站在俯視鹿園的窗戶旁思考。這是一九三六年的春天，鹿園裡風光明媚，如地毯茵綠的草坪上，樹木綴妝嫩芽。幾隻鹿在草地上嬉戲，另幾隻啃食窗下的嫩葉。右手邊就是艾迪生步道，五年前，在那條步道上與托爾金和迪森一席談話，使他信奉基督。

室內，托爾金坐在一張圈臂椅子裡，伸手去拿搪瓷啤酒壺，斟滿他的大啤酒杯。

路易斯轉過身來：「你知道嗎，托爾金，我們從閱讀小說中所獲得的愉悅，其實很少。譬如說，我們兩個都喜歡威廉斯的《獅之鄉》，但像這樣的書又有幾本？」

托爾金噴出一口煙：「或許是描寫精靈世界的書太少了，」他吞吐幾口，免得菸絲熄滅：「有些科幻小說固然充滿奇想，卻只是點到為止，不夠深入。具有時間和空間深度的故事，才能達成『治癒』和『逃離』的效果。」說到最後那兩個名詞，他不禁拉高聲調：「我希望，不久之後能針對奇幻文學的特質，舉行一場演講。我喜歡具有時間深度和空間深度的故事。」

「確實如此，」路易斯同意地說，他的母音發音仍然有微微的愛爾蘭鄉音：「就拿威爾斯（*H.G.Wells*）來說，他的小說已點到精神層面的另個真實世界。他早期有一篇作品，故事裡主角以自己的出生權交換一些情報，這類故事就觸及了精神層面領域，增加生活情趣，你說是嗎？它們就像偶然入夢的情景，給予我們從未有過的感受。這類故事拓展了我們的觀念，加大了人類經驗的可能性。」

「你的《浪子回頭》就有我們都喜歡的浪漫氣息。可惜它的銷路不是很好。書中若干地方過於隱晦，花一點點功夫就能改正。」

「你知道嗎，托爾金，」路易斯握著菸斗，似乎下定決心地說：「我想，我們必須親自來寫心目中的好書。我們需要像《哈比人》一樣的書，但必須加入更多英雄。我們必須分工，一個人撰寫時間旅行故事，另一個人撰寫空間旅行故事。」

於是，托爾金再次向好朋友敘述，那發生於一個世紀前的類似挑戰——浪漫詩人拜倫（*Lord Byron*）在一八一六年在日內瓦湖畔，鼓勵雪萊和隨他私奔的瑪莉・雪萊（*Mary Shelly*，*1797-1851*）撰寫另一個鬼故事。結果，當時年僅十九的瑪莉・雪萊寫出了《科學怪人》（*Frankenstein*）。

托爾金說著，眼瞳發亮：「現在，我們必須揭發現代魔術、就是機器的暴虐。」

「好，我們擲銅板決定。如果是人頭，你寫時間旅行，我寫空間旅行；如果是花卉，你寫空間旅行，我寫時間旅行。」

路易斯說著，從皺兮兮的法蘭絨褲口袋裡掏出一枚硬幣，擲向天空。

「人頭！」

托爾金信守承諾，開始撰寫時間旅行故事，倒是比計畫中的奇幻文學演講更早實現。多年來，他一直嘗試解決《精靈寶鑽》的時空架構問題，旅行的觀念，似乎能搭起讀者與中土世界的橋樑。於是，《精靈寶鑽》開啟了一個新的層面，與他兒提時代常夢見的巨浪吞食大地的情景相連結，創造了他自己版本的亞特蘭提斯神話。他稱這個命定毀滅的島嶼露媚洛（*Númenor*），在西邊海洋的極遠處，形狀如星辰，這個島上住著精靈視為朋友的凡人，他們在中土世紀第一時代將結束的時候，曾奮力抵抗第一個黑暗之主莫格斯。露媚洛人的生命有數，和人類一樣，但壽命比凡人長得多。

回頭再說到托爾金的時間旅行故事，名為《迷途》（*The Lost Road*），敘述一對父子在歷史流轉時光中重複出現。這特殊的父子關係表徵語言、文化及血緣的延續性，以追尋古代北歐洲歷史。《迷途》裡當代的父子居住於大西洋岸邊，應是在康瓦爾或威爾斯西部一帶。故事主角奧斯溫．艾洛是一名歷史老師，他的兒子奧本夢境中經常出現奇怪的名字。西方海上出現巨大黑雲，奧本即幻見表徵西方之主的巨鷹翔翺在露媚洛上空。

奧斯溫死後，奧本也有了自己的兒子奧當，和奧本有同樣的夢境和幻見能力，但情景更清晰，語言意象則較模糊。這些精神能力使他們父子得以穿越時光隧道返回露媚洛，在那裡，他們遇見一對父子艾倫迪和海倫迪，幾乎是來自現代父子的翻版。而且奧本經常將兒子奧當的名字想成海倫迪。艾倫迪和海倫迪生存於露媚洛崩潰的時代，索倫自魔戒承繼莫格斯的邪惡，統治露媚洛。這時候，索倫仍然維持良好的開明形象，贏得民眾支持，而非使用赤裸裸的權力。露媚洛的崩潰在中土世界歷史裡極為關鍵，因為人類中的高貴種族因此出亡，分別在中土世界的南方和北方建立偉大王國。

托爾金寫了四章之後，即放棄這個故事，但《迷途》的概念已成為中土世界的要素。露媚洛覆亡後，世界變成一個球體，海平面彎曲，有十一艘精靈船隻得以航向世界之外的蓬萊仙境。他們走的是「直道」，《魔戒》中，比爾博及佛羅多兩位魔戒持有人都是走這條路離開「灰暗天空」，去到「無量西方」。托爾金甚早即使用《迷途》的觀念，在《精靈寶鑽》裡，即有船隻航向精靈島，船員們在船上聽到寶鑽的故事。

寫作《迷途》之時，托爾金似乎曾朗誦文稿給吉光片羽社的朋友聽。果真如此，社員們應該會告訴托爾金，讀者很難以搞懂這故事。我們確定路易斯聽過托爾金朗讀，因為托爾金說，路易斯的科幻小說《太白金星》和《那可怕的勢力》裡，若干名字和特殊語言拼錯了。路易斯作品常使用托爾金自創的特殊人名地名和語言。

另一個路易斯作品受托爾金影響的例子是，《那可怕的勢力》裡的女主角幾乎是《貝倫和露辛》裡頭露辛的翻版，名字雷同，天使性格相似，並同樣嫁給凡夫俗子。

路易斯在《魔戒》出版前數年，已在致友人信中提及，他作品中若干靈感來自托爾金，譬如他將「露媚洛」（*Númenor*）誤拼成「露彌洛」（*Numinor*）。路易斯說，露媚洛是托爾金私房神話中的某種私房語言，是托爾金發明的。路易斯並且指出，那是種真正的語言，有文法和字根，只有偉大的語言學家能發明這種語言。托爾金發現，如果在發明一種語言同時，沒有同時創造一套神話，根本行不通。路易斯還說，托爾金的私房神話與我們的世界有相似點，即露媚洛毀滅之時。

不僅這部未完成的故事影響路易斯，構作故事的基本要素亦然。路易斯的許多小說都建基於《迷途》。

《迷途》裡，存在著英格蘭西部的奧本和奧當父子檔，與露媚洛的艾倫迪和海倫迪父子檔，這個概念在路易斯沒有完成的創作《黑暗之塔》（*The Dark Tower*）裡重現。同樣的雙對概念於路易斯晚年的作品《十年之後》（*After Ten Years*）再度被應用，故事裡特洛伊的海倫兼具真實和幻想出來的兩種樣態。

第二個要素則是托爾金的時間概念，路易斯也加以運用。奧本和他的兒子穿越時光前往露媚洛時，現實世界的時間靜止了，父子倆返回二十世紀時，發現時間仍停留在他們出發之點。托爾金或許曾和路易斯討論過這個觀念，因此，小朋友前去納尼亞王國遊玩，回家時事物都不會變遷。唯一的例外是完結篇《最後的戰役》，因為故事裡的訪客在現世都因火車意外事件死亡。

托爾金的《安璐大樂章》（*Ainulindaë*）對路易斯也有很大影響，托爾金於一九三〇年代重寫這個創世神話，確切時間應在撰寫《迷途》之時，並且似乎曾將其中內容讀給路易斯聽。安璐是和維拉（*valar*）類似的天使，是創造天地的幕後英雄。在《精靈寶鑽》裡，有「安璐之音」或稱「大樂章」或「偉大之歌」。這音樂表徵創造的藍圖，即中土世界的上帝、「伊露偉塔」（*Iluvatar*）創天造地的準備和計劃。這音樂和聖經中最美的篇章之一、《箴言》第八章有異曲同工之妙。《箴言》第八章將智慧擬人化，以人的口吻訴說上帝創造天地的化工。這偉大之音代表全知全能者將無中生有，並繼續創造。

中土世界的歷史事件，包括莫格斯的反叛（類似墮落天使，如魔王路西佛），莫格斯僕人索倫的興起，都在創造的系列之內。安璐第一次現身在於為精靈的到來作準備，然後，為人類的到來作準備。他們管理這世界，並給予光明，首先點亮雙燈，點亮雙樹，然後點亮太陽和月亮。在中土世界的第三時代，即「魔戒」時代，若干安璐變身人形，以對抗索倫的殘餘勢力，護衛中土世界。路易斯《納尼亞》系列的《魔法師的外甥》（*Magician's Nephew*），以亞斯藍之歌描寫納尼亞王國的創造，以及《太白金星》故事裡，都出現歌聲或音樂，應是受到托爾金「安璐之音」的啟發。

《迷途》顯示托爾金說故事的功力大增，展現他的宇宙觀和神學觀，並且可以瞥見他的身世。故事裡的奧本和他的兒子奧當，都是自幼失去母親，並有一個形象完美的父親，似乎是托爾金自幼失去父母的寫照。奧本活脫脫就是托爾金，出生於同一時代，相思纖細且富於創造力，這正是撰作《精靈寶鑽》和《魔戒》的最大動力。奧本兒時「喜歡北國語言的風格，幾乎和喜歡這語言敘述的故事不相上下。」這語言的音調和特質，「與它敘述的傳說和神話息息相關。」無法理解的名字和詞彙潛入奧本的意識，反覆咀嚼，衍生出新的意境。奧本的兒子稍後發現父親的本事，並「習慣於父親時常喃喃自語的古怪字眼和名字。有時候，他父親根據這些怪字編出一篇故事給他聽。」

值得注意的是，《迷途》凸顯托爾金對古代歐洲的偏愛，故事場景則是他孩提時代的威瑟斯特郡或沃維克郡，與故事的時光旅行架構符合。這篇故事也說明了托爾金撰寫《魔戒》的美學目的，他隨即著手撰寫，而暫時擱置《精靈寶鑽》。撰寫《魔戒》的十三年間，他不曾碰觸《精靈寶鑽》。奧本年歲漸增（差不多是托爾金寫《迷途》的年紀），回想他的人生：

回顧過去三十年，他心中恆久存在的念頭，也是他極力壓抑的念頭，即是返鄉的熱望。時光旅行，或可說是步行在長路上，如同自山巔俯瞰世界，又如同自飛行船上瀏覽腳下的活動地圖。無論哪種情形，都必須用眼睛看，用耳朵聽：看見往昔的情景，甚至已被遺忘時代的情景，看見古代的人走路，聽他們使用古語言談話，於遙遠時代之前的遙遠時代，那在大西洋畔的王國早已覆亡。

托爾金的出版商史坦利．歐文自一九三七年九月出版《哈比人》之後，不斷地催促他繼續寫書。當年十一月，托爾金給他《迷途》的前四章，同時，他也給歐文看了一部份《精靈寶鑽》的材料，據他說，這些是「他鍾愛的私房把戲」。他於十二月十六日寫信告訴歐文，在《哈比人》之後的確有必要出版續集或是其他的題材，但他對於哈比人還能有什麼發展一籌莫展。不過三天之後，即十二月十九日，托爾金有了重大進展，又寫信給歐文：「我已經寫完哈比人新故事的第一章。」結果，十七年後，《魔戒》出版，第一章便是這一章。

托爾金努力於流產的時光旅行故事《迷途》之時，路易斯也著手撰寫空間旅行故事，即《沉默星辰之外》。他每寫完一章，就念給吉光片羽社的朋友們聽。值得注意的是，路易斯的小說也影射托爾金複雜的個性。

托爾金在牛津大學教授古代及中世紀英文，與他構作中土世界的歷史、語言和族群有密切關聯。他自創精靈語言，進而據此建構想像世界，彷彿古代北歐真存在這樣一個國度。這是一個語言學家的創作模式，根據古語言重建歷史圖像。

在《沉默星辰之外》裡頭，路易斯根據托爾金的個性，塑造出艾溫・藍森博士這個角色。他是劍橋大學語言學教授，聰明而嚴厲。艾溫的語意是精靈的朋友。藍森博士身上有戰時留下來的槍傷，是個夙夜匪懈的學者，曾出版語意學方面的著作。他結合了智性和英雄特質，但努力放低身段。他的個頭高，體型纖瘦，金髮，於一九三〇年代之時，也就是《沉默星辰之外》故事發生之時，年紀約三十五歲至四十歲之間。他的穿著沒有什麼品味，第一次見到他，令人誤以為他是個醫生或小學老師。

藍森遭他邪惡的同事綁架，由太空船送往火星，而後掙脫束縛，逃離綁匪的監督。他原本懼怕在荒野裡遇到外星生物，直到某件事情發生，徹底顛覆他的看法。他遇見一個外太空生物，發現對方智慧相當高：

那生物仍然在岸邊，持續冒煙並搖晃身軀，顯然沒有發現藍森。然後，他張開嘴發出聲音。這情景並不令人訝異，但藍森博士畢生研究語言學，立刻聽出這是有意義的聲音。那生物在說話！他們有語言！如果你不是個語言學家，你必須相信藍森的判斷，並體會他當時心裡的震撼。他已見識了新世界，但發現一個新的、外太空、非人類的語言則是另一回事。他並沒有將這語言與奇怪生物聯想，只想到這語言本身。

對知識的熱愛可以使人瘋狂。藍森確定那是一種語言，雖然知道自己隨時可能喪失性命，他的想像卻即時掩蓋恐懼，心中計劃著為這外太空生物寫一本麥拉語文法書，以及麥拉語入門，以及麥拉語英語辭典──好幾本書的書名在他腦中閃現。還有，對於一種非人類語言，研究時可能出現哪些失誤？這語言的型式，以及一切語言的基本原則，可能已掌握在他手中。他不自覺撐起身子，注視著那隻全身漆黑的畜生──一分鐘過去了，又一分鐘過去了，兩種原本相隔千萬哩的物種，在沉默中彼此瞪視。

藍森的思維：「對於一種非人類語言，研究時可能出現哪些失誤？」正是托爾金自然而然會思考的問題。精靈語言即是非人類語言的一種，表徵托爾金的觀念，認為可能有宇宙語言存在，足以表達對於真實的認知，涵蓋自然與超自然，看得見與看不見的。

路易斯筆下的藍森博士的確有他好朋友托爾金的影子。托爾金也深知此事，他多年後寫給兒子克里斯多弗的信中指出：「以語言學家的身分而言，我的確對藍森博士這人物有些貢獻，他的一些想法的確出自我的想法，但是以路易斯的口吻表達出來。」

托爾金和路易斯的友誼核心，在於他兩人對現代世界同樣具有反感。他們並非反對牙醫、巴士、生啤酒以及其他二十世紀摩登產物，而是反對其底層的現代主義。他們不反對科學和科學家，但反對現代主義迷信科學，及一元化思維方式。現代主義者反對，經由多元化的認知，即藝術、宗教和俗民智慧，可以獲知真知識。托爾金和路易斯覺得，這些觀念腐蝕人心，將導致嚴重後果。虛構的藍森博士表徵古老但永恆的人性價值觀——路易斯後來稱之為「道」（*Tao*）。

這積極價值觀發微於中古時期對大自然和人性的洞見，是在現代之前的，藍森博士知覺其存在。路易斯和托爾金一樣，都喜愛中古時期和文藝復興時代的宇宙觀，以及對於真實的想像。這個中古宇宙觀經由路易斯的小說，夾帶進入當時代讀者的心中。在前往火星的太空船裡，身處深邃的空間，藍森覺得無比舒暢，雖然他是個命在旦夕的人質。他開始尋回業已失落的人性價值觀：

持續數個小時，他仰躺望著天光，陷入沉思。地球的身影已然消失，滿天星辰猶如野地盛開的雛菊，沒有雲，沒有月亮，更沒有太陽，干擾他們永恆的光芒；還有許多美麗的星球，以及環繞它們的衛星，各個閃耀繽紛顏色：寶藍、赤紅、翠綠和金黃；左手邊一顆小行星，遙遠而渺小。在眾星之間，以及眾星之後，是深邃廣大無邊無際的黑暗。星辰閃爍，彷彿各具生命。藍森赤裸躺在床上，一夜復一夜，他對古老的占星學佩服得無以復加。他感覺，他想像，自己融入這無垠星空。

相對於藍森的積極價值觀，綁架藍森的溫斯敦代表負面價值。他是有名的物理學教授，具有一切路易斯不喜歡的現代主義傾向。溫斯敦和同夥綁架藍森，因為他們相信火星上神祕的統治者，要以人類為犧牲。他們認為自己的行為完全正當且正義。溫斯敦排斥一切常人所接受的價值，他堅信適者生存原則，並積極從事複製智者的研究。

逃離綁匪的掌握後，藍森不知方向，滿心恐懼，見到這紅色星球多變的地形和各種奇怪生物。事實上，它們是多種具有理性的生物，各階級和諧相處，度理性的生活，有文化而且和善可親。語言學家藍森很快地掌握它們語言的基本要素。隨後，藍森遇見這星球的統治者，祂有聲無影，是個無實體存在。

當時代的人認為，科幻小說裡的外星人應該是邪惡的，是人類的敵人。路易斯很厭惡這個想法。他認為，中世紀的宇宙觀恰好相反，寧可選擇復古觀點。他筆下平和且具靈性的外太空生物，賦予科幻小說新面貌，影響及於今日。路易斯於一九三九年寫給讀者信中，半開玩笑式地說：「六十篇評論文章裡，只有兩篇指出，書中關於某星球神祇的殞落，純屬我的想像。對於這種情形，你一定覺得悲哀又有趣罷。可以想見，任何神學想像都可以潛入現代人的心裡，而且他們毫不知覺。」這些評論，激發路易斯繼續以更廣闊的方式，闡說神學和倫理學。

評論家瑪嘉莉．尼柯森（*Marjorie Nicolson*，*1892-1981*）對路易斯在這方面的貢獻，給予肯定：

《沉默星辰之外》是我讀過最美麗、最令人感動的宇宙之旅。基督教護教者路易斯為傳統添加色彩，學者詩人路易斯創造前所未有的成就。先前的科幻小說家根據傳說、神話和奇幻故事寫作品，路易斯則根據深植人心的想望創造神話。與他同遊，我立刻進入熟悉且奇異的境界，如藍森博士所說：「並非探險旅遊，而是參與神話創造。」

出版史坦利．歐文邀請路易斯將《沉默星辰之外》的稿子寄給他看，托爾金隨即寫一封推薦函：「曾向社團的朋友們朗讀，眾人都給予正面肯定。當然，我們的觀念比較相近。」數星期後，歐文寄來一篇負面評價的評閱意見，徵詢托爾金的意見。托爾金對這篇不利的書評很在意，立即回函：「我曾讀過原稿，非常地著迷，未看到完結，沒法子把稿子擺在一邊做別的事情。」事實上，托爾金曾對這篇故事提供若干建議，路易斯加以採納並修改。托爾金並不掩飾他對路易斯這篇故事的讚美：「用字遣辭和自創的語言，好得沒話說。」歐文仍然認為不適合該出版社出版，推介給其他出版商，並於次年，即一九三八年由*John Lane, the Bodley Head*出版。結果這本書相當成功，尤其在一九四一年至一九四四年第二次世界大戰期間，路易斯數度在英國國家廣播公司電台主講談話性節目，以及一九四二年出版的《大榔頭寫給蠹木的煽情書》（舊譯名為《地獄來鴻》）出版，這本書更加受到歡迎。科幻作家哈特利道出了許多讀者的心聲：「我熱誠推薦這個原創、有趣、筆觸精彩的奇幻故事。」

托爾金於一九三九年十二月十九日，向歐文提及的新哈比人故事，初稿首段為：

比爾博，巴金斯家族邦勾之子，正準備慶祝他的七十歲生日之前一兩天，街坊鄰居們流傳著閒言閒語。他有過開溜的名聲——他於四月三十日早餐之後失蹤，直到次年六月二十二日午餐才再度現身。更奇怪的是，他不曾對此提出合理解釋，只寫下看似矛盾的理由——

一九三八年三月四日，托爾金告知歐文，哈比人續集已寫完第三章，黑騎士突然出現，改變了整個故事發展。他覺得小說自有生命，而黑騎士創造了轉折。這時段，托爾金心中可能認為接下來這本書是童書《哈比人》的續集，而黑騎士代表黑色恐怖，將徹底改變這本書的基調。約在這時候，他畫了一張簡單的地圖，詳細註明他想像的世界。這張地圖在後續寫作進程裡面並沒有重大改變，使他的「新哈比人」——即《魔戒》具有歷史和地理的一致性。至於《精靈寶鑽》則束之高閣。

除了《迷途》之外，托爾金後續撰作的書都屬於時間旅行故事，也是他對於時間本質的探索。之前，他雖然沒有明顯的時間旅行概念，但他創造的中土世界仍是歷史的一部份，背景則是古代歐洲北方。雖然是想像的歷史，但不是全然沒有歷史根據，讀者得以藉由歷史熟悉感融入其中。我們閱讀故事時，猶如置身時光旅行。用通俗話說，我們在時光中漫步，或是「走在漫漫長路上」，或「由山巔俯瞰世界」，或由飛機上俯瞰腳下的「活動地圖」。我們看見「古老甚至被遺忘土地上的事物」，看見古代人行走，聽他們使用古語言談話，於遙遠時代之前的遙遠時代，在大西洋畔王國覆亡的那時。

Chapter Eight

第二次世界大戰

（1939～1949）

孩子們的喧鬧聲和笑聲劃破平日寧靜無比的窯廬。「怎麼回事？」路易斯覺得奇怪，順手關上車門。他心中正想著別的事情，被突如其來的喧鬧打斷。路易斯剛才和托爾金在「鷹與嬰」暢談了幾個小時，然後坐上莫玲來接他的汽車，剛返抵窯廬。

聖米迦勒學期（*Michaelmas*）還要一個月才開始。由於戰爭一觸即發，托爾金不得不取消家庭渡假行程，懶散待在家裡，他之前生了一場大病，現在正忙於撰寫《魔戒》，並告訴路易斯，其中情節必須作若干修改。托爾金已更改故事裡一些人物的名字，如賓戈（*Bingo*）改名為比爾博·巴金斯。待秋天吉光片羽社恢復聚會時，他將向社員們朗讀已完成的部分。

「避難的孩子們已經來了，我稍早從車站裡接他們過來。」莫玲微笑著解釋。她現在是個三十出頭的女人，需要開車的事情經常由她負責，並負責接送路易斯。「薄荷糖」摩爾夫人幾乎足不出戶。

這是一九三九年九月初，與德國之戰如箭在弦上。被分配來窯廬避難的，全是快樂嘻笑的少女，來此接受摩爾夫人的照顧。這時候，全英國有一百五十萬個孩子緊急疏散至各地鄉下。他們幾乎沒帶什麼東西，背著一個大木箱，裡頭裝著防毒面具，還有簡單行囊，裡頭有換洗衣物、牙刷、梳子、手帕，以及一日份乾糧。有些孩子還帶來頭蝨，但這幾個少女看起來很乾淨。

午茶時間，女孩們七嘴八舌地向路易斯和摩爾夫人報告他們這天的遭遇。她們由倫敦滑鐵盧車站出發，在牛津車站下車，經過分配，由莫玲領來窯廬。

路易斯幾乎不曾和孩子們接觸，立即感受到少女們帶來的活潑氣息。這時，華倫已被召返部隊備戰，路易斯當晚寫信給他：「這些前來避難的孩子真可愛，她們是未被污染的生命，對新環境興奮而好奇。」信中還說，孩子們很喜歡窯廬的動物。

幾乎所有的避難孩童都來自都市，對鄉村生活全無經驗，來到窯廬的少女也不例外。

數年前，路易斯、華倫、摩爾夫人和莫玲遷入窯廬之後，這裡愈來愈像個小農場，隨著戰爭進行，更像個自給自足的小天堂。避難孩童陸續到來，田野間加蓋了幾間低矮磚房，此外，還有一個網球場，一方蘋果園，遠處林間一池塘，以及許多母雞。餐桌上幾乎每天都有雞蛋；雞籠和兔籠必須每天清掃。

蘋果園由一位農夫弗瑞德．帕克斯佛德（*Fred Paxford*）管理，他年約四十，極可能是《納尼亞魔法王國》系列第六部《銀椅》裡的主角。弗瑞德住在木屋裡，工作時邊唱歌，遠處即能聽到。摩爾夫人曾教他烹飪，但他端出來的菜常參雜鍋灰。

一位避難孩童派翠西亞多年後回憶，她第一次見到路易斯的情景：「一個邋遢的傢伙，我還以為他是園丁，並告訴他我的看法，他忍不住放聲大笑。」

「薄荷糖」（摩爾夫人的暱稱）這時已六十好幾，身體虛弱。避難少女很喜歡她，記得她很慈祥，嘴邊永遠叼著一根香菸，菸灰有時候掉在她們的食物裡，但她們一點也不介意。少女們注意到「薄荷糖」對路易斯非常關切，他幾乎是她注意力的中心，也是生活的重心。一位當年在窯廬避難的少女說：「她做的每一件事，打掃房屋或煮飯，都是為了讓傑克舒服滿意。窯廬裡的日常生活運作以照顧傑克為前提，華倫只能跟著沾光。」

這段期間，社會局分派一位有學習障礙的青年住進窯廬。連續兩個月、每天晚上，路易斯替他上閱讀課。路易斯擅於解說，而且會畫圖，製作卡片輔助教學。那小伙子的智識年齡只有八歲，學習確有困難，但路易斯毫不氣餒，堅持繼續授課。

前來避難的孩子們激發路易斯的創作靈感，就在第一批孩子抵達窯廬後數天，他即著手撰寫一個新故事，但旋即放棄。路易斯說明這本書的內容：

這是一本關於四個小孩子的書，它們的名字分別是安妮、馬丁、蘿絲和彼得，故事的主角是彼得，他也是四個孩子中最小的。他們因為空襲的緣故，必須立即離開倫敦。因為他們的父親在軍隊中服役，母親則被動員參與戰時工作，他們被送到一個老教授那裡，他是母親的親戚，獨自一人住在鄉下。

十年後，也就是一九四九年，路易斯重拾這個故事，成為《納尼亞魔法王國》系列的第一本書《獅子・女巫・魔衣櫥》。在書中，避難的小孩穿過衣櫃，進入一個魔法世界。

醜惡的戰爭改變了托爾金的家居生活，他不得不拆除網球場，改為菜圃，並且開始養雞。一家人常圍在艾迪絲的大收音機旁，仔細聽英國國家廣播公司的戰情報導。無線電波常遭德國干擾，傳來德軍的心戰喊話。小女兒璞麗希拉已習慣樓上斷斷續續的打字聲，那是托爾金一面構思、一面在打字機上敲打出《魔戒》。

牛津大學的考試大樓被徵召成為軍醫院，托爾金任教的學院大樓被徵召為農業局辦公廳。有一天午餐時，托爾金笑著對家人說，他這天早上看見一張佈告，上面寫著「害蟲：一樓」。

並非所有的避難者都是背著防毒面具和三明治的小娃兒。英國對德宣戰之後，一九三九年九月三日，牛津大學出版部倫敦辦公室的五十名職員撤回牛津，其中包括查理斯．威廉斯。兩個星期之前，他剛渡過五十三歲生日。他被安置在市中心附近的史帕丁（*H.N.Spalding*）教授家中，同住的除了教授、教授夫人及兩位千金，另有一同事傑瑞・霍普金斯（*Gerry Hopkins*）也被安置在此。威廉斯雖然雙手習慣性發抖，仍然每餐為每個人切麵包，他打開窗戶流通空氣，並負責擦乾洗過的餐盤。

路易斯和威廉斯自一九三六年開始通信後，友誼日益堅固。威廉斯數度前來牛津，參加吉光片羽社的聚會，兩人並一起參加基督教團契「基督國度」（*Christendom Group*）。這個智庫團體主要探討基督信仰的社會性功效，成員包括迪森、艾略特以及傑出神學家瑪斯寇（*E.L.Mascall*）。

第三者？

不久之後，威廉斯便時常與路易斯和托爾金見面，並勤於參加吉光片羽社聚會。威廉斯的東倫敦腔很重，大多數出身私立學校的大學學者聽不習慣。瑪斯寇記憶中的威廉斯是這個樣子：「就體型而言，威廉斯並不引人注意，但他臉部表情豐富，令人印象深刻。他的個頭比一般人略矮，銳利眼神穿透極厚的鏡片。他內在豐富的精力和熱情，透過易於激動、滔滔不絕的口才，彰顯於外，非常具有感染力。

他雖然靠自學成功，但思考深入，靈性生命紮實。」

威廉斯的出版界好友安妮．雷德勒（*Anne Ridler*）最能掌握他的特質，她說：「威廉斯的世界具有清晰的邏輯，那是一種可懼的正義感，與愛不可分割，那不是我們一般人具有的正義感。」這個說法，與喬治．麥克唐納認為上帝是「無止盡的愛」的觀點，相互呼應。安妮．雷德勒認為：「他是一個完全的人，比他所有作品的總和還偉大。」艾略特對於威廉斯也很推崇，戰後他在一個廣播節目中說：「我們評量一個人的重要性，應該看他全部的作品，而不是一篇或幾篇傑作。我認為他是一個不凡的天才，他的作品非常重要，但這重要性並不容易解說清楚。」

威廉斯於一八八六年九月二十日生於倫敦。他的父親是一家進口公司的法文和德文秘書，後來因為視力衰退，不得不去職離開倫敦，遷往赫佛郡（*Herfordshire*），開一家販售藝術材料的小店。聰明的小威廉斯獲得郡議會獎學金，得以進入聖阿般斯學校（*St.Albans*）就讀，並於十五歲時考取倫敦大學院。但家裡無法負擔他的學費，威廉斯不得不中斷學業，去倫敦一家書店工作。

後來，威廉斯遇到一個牛津大學出版部倫敦辦公室編輯，正在找人校閱薩克萊

①全集，從此徹底改變他的命運。威廉斯終其一生在牛津出版部工作，他為辦公室創造出特殊氣氛，令同事印象深刻，尤其是女同事。威廉斯有幸福婚姻，他因為健康因素未於第一次世界大戰時被徵召上戰場，但他有兩個好朋友戰死沙場，一如托爾金。

威廉斯為了貼補家計，長年在倫敦郡議會的夜間成人班教授文學課程。嗣後他撰寫七部超自然驚悚小說，也是為了貼補家用。路易斯即是看了其中之一《獅之鄉》，寫信給他，因而成為好朋友。

如同路易斯與托爾金，威廉斯的作品圍繞三大主題：理性，浪漫主義和基督宗教。威廉斯和路易斯都是聖公會教友，但派別不同。路易斯屬於低教派，主張的崇拜儀式從簡；威廉斯屬於高教派，崇拜儀式類同羅馬天主教。威廉斯非常喜歡浪漫主義的表達方式，寫作時擅用象徵手法，譬如，人類之愛即隱喻上帝之愛。他對於「愛」特別有興趣，不論是浪漫主義式的，朋友之間的，男女之間的，或神學上的。理性方面，他不認為抽象推理等同真實，並向英國讀者大力推薦齊克果（*Søren Kierkegaard*）的作品。他認為人類的感情必須服膺於理性，以臻精神的完美和一致性。威廉斯長久追求抽象與心靈感覺之間的平衡，智識與感情的平衡，以及理性與想像的平衡。他試著走在路易斯心靈地圖的「直道」上。

威廉斯比托爾金大五歲，比路易斯大十二歲。他於一九三〇年出版第一本小說《天堂之戰》（*War in Heaven*）時，已年過四十。在此之前，他已完成五本書，其中四本是詩歌，另一本是小說。威廉斯最重要的作品仍是小說，他自一九三〇年踏入這塊園地，此後十五年耕耘不輟。自一九三〇年至一九四五年他猝死的十五年間，威廉斯共出版二十八本書，以及無數文章和評論。自一九三九年他避難至牛津，至一九四五年間，因戰爭羈留於此，在思想家和作家兩個位置上更臻成熟。這段期間，他除了繼續出版部的工作，並被路易斯設計，擔任牛津導師職務和演講授課。他經常和路易斯、托爾金及其他吉光片羽社的友人見面，週日則返回倫敦，那是他最喜愛的城市。他的太太米凱（*Michal*）並沒有隨他疏散到牛津，留在倫敦看顧他們的公寓房子。

威廉斯的作品包括小說、詩歌、戲劇、神學、教會歷史、傳記、文學批評，經由路易斯的作品，似乎較能了解，因為路易斯極受威廉斯的影響。路易斯的作品，如《那可怕的勢力》、《夢幻巴士》、《裸顏》、《四種愛》，都看得到威廉斯的影子。威廉斯的《獅之鄉》和歌頌圓桌武士詩篇，對路易斯更是影響深刻。

威廉斯遷居牛津並加入吉光片羽社，更深化了他對於路易斯的影響力。托爾金多年後說，路易斯過於崇拜威廉斯，好像中了威廉斯的「符咒」，對於路易斯對威廉斯的景仰，托爾金頗不以為然，覺得路易斯這人太容易受人影響。這段期間，托爾金也受惠於自己與威廉斯的友誼，尤其感激他專心聆聽《魔戒》首部曲的朗讀，並給予極高評價。相對地，另一名吉光片羽社好友迪森，則對《魔戒》冷淡以對。托爾金寫給克里斯多弗的信中寫道：「威廉斯看完全書，認為這本書最偉大之處，在於它的中心思維並非戰爭和英雄主義，而是自由、和平、庶民生活和美麗人生。」

托爾金也專心聆聽威廉斯朗讀作品，但他後來也承認，威廉斯有些作品確實難懂。路易斯描述，有一次威廉斯朗讀他研究亞瑟王傳奇的散文論述《亞瑟王的象徵》（*The Figure of Arthur*）：

請閉起眼睛想像：星期一早上十點鐘，陽光亮麗，瑪格大倫學院樓上的研究室裡，托爾金和我半躺在大沙發椅裡，點燃菸絲，伸長雙腿。威廉斯坐在對面的圈臂椅裡，將香菸扔進菸灰缸，掏出一堆鬆散的稿紙——我想，應該是兩便士一大疊那種紙，然後，開始朗讀——

戰爭期間，哈佛醫生經常參加吉光片羽社聚會，但有一大段時間被徵召至海軍服役。他總是個旁觀者，很讚賞威廉斯的魅力和幽默：「他有一肚子妙語，隨時能參與進行中的笑話，然後雙手高舉向天，哈哈大笑。但他朗讀作品時，我一個字也聽不懂。」他覺得吉光片羽社的朋友都和他有相同感覺，惟獨路易斯例外。但路易斯偶爾也會發難：「威廉斯，不可能罷！」托爾金則常批評威廉斯的小說情節「實在過於玄妙，」譬如他的小說《好牌》。哈佛醫生認為，托爾金對於威廉斯的批評，使托爾金和路易斯間的關係呈現緊繃現象：「路易斯崇拜威廉斯，他確實非常有魅力，一堆人和他共處一室，你自然而然被他吸引。」

托爾金和路易斯都已超過服役年齡，仍然被編入家園防衛隊，戲稱為「爸爸軍團」，執行多種任務。其中之一是夜間巡邏，使他們有機會更深入觀察星斗的變化。一九四〇年某夜，托爾金值夜守哨，發覺北方地平線上火光突現，迅速蔓延。隔天，他才聽說那是沃維克郡的柯文翠遭空襲焚燬。戰爭期間，牛津倖免於德國飛機的轟炸。一九四二年一整年，托爾金用心觀察太陽和月亮升起與沉落時的景象，所以，《魔戒》裡有若干這些情境的描寫。

戰爭對托爾金的家庭影響鉅大。他的長子約翰於一九三九年九月前往羅馬，接受司鐸養成教育。這時候義大利和德國還沒有結為軸心國，但情勢非常不樂觀，約翰只得取道滿目瘡痍的法國返回不列顛。隨後，他就讀的神學院兩度遷移，終於在蘭卡夏落腳。第二個兒子麥可，於戰爭爆發之初即被徵召入伍，成為防空炮射擊手。他在不列顛戰役中奮勇保衛領空，獲頒喬治勳章。麥可於一九四四年除役，隨後進入牛津就讀。

托爾金最小的兒子克里斯多弗於一九四二年被編入皇家空軍，旋即派赴南非，接受戰鬥機飛行員訓練。其間，父親多次寫長信給兒子，報告《魔戒》寫作的進度，以及吉光片羽社聚會的情形。托爾金三個兒子中，克里斯多弗在《魔戒》開始構思時即積極參與，並在一九四三年，為父親繪製一幅巨大而詳細的中土世界地圖，以托爾金一九三八年的草圖為藍本，先以鉛筆描繪，再用蠟筆上色。克里斯多弗和父親有許多相似之處，猶如小說《迷途》裡奧本和他的兒子。憑藉這份父子連心，托爾金死後，克里斯多弗花費許多心思，整理父親眾多未完成遺稿。

戰爭期間，托爾金家裡較重要的事件是夫婦倆的銀婚紀念，於一九四一年。受到戰爭的影響，慶祝活動從簡，兒女們只有住在家裡的小女兒璞麗希拉參加，並邀請了迪森和路易斯等朋友。艾迪絲在物資配給的窘境下籌措慶宴，蔬菜來自自家菜園，還有後院母雞剛下的雞蛋。

戰爭使得牛津大學校園裡的學生人數銳減，但校務仍如常運作。托爾金和路易斯授課講學不輟，托爾金指導研究生，路易斯每天早上和下午都在瑪格大倫學院指導大學生。威廉斯以淵博的詩學開始在英文系授課，很受學生歡迎。一九四三年某日，托爾金和威廉斯同時舉行演講，威廉斯的講題是《哈姆雷特》，演講聽爆滿；選修托爾金盎格魯撒克遜課程的學生，全部都跑去威廉斯的演講會場，只剩一個學生負責作筆記。托爾金面對一個學生，仍然講完當天課程，然後，邀請威廉斯去喝一杯。

漫長紛擾的戰爭期間，《魔戒》寫作數度停頓。停筆期間，托爾金爆發新靈感，以隱喻方式寫成《小小葉》（*Leaf by Niggle*）。這是一本地獄小說，或許受到威廉斯著迷於但丁的《煉獄》（*Purgatory*）影響。作家們對慘酷戰爭的感受，紛紛呈現在他們的作品裡。威廉斯的《下降陰府》（*Descent into Hell*）也有煉獄的主題，另一部作品《恐怖之夜》（*All Hollows Eve*）以及路易斯的《夢幻巴士》都是在戰爭期間寫作，也都有煉獄的主題。

《小小葉》於一九四五年元月發表，但完稿應在更早。故事主角尼戈是個袖珍人，而且是個畫家，他知道自己某天將展開奇妙旅程。他作畫的時候常被打擾，譬如跛腳鄰居帕立斯要求他幫忙。尼戈是一個好心腸且懶惰的人。

尼戈著手完成一幅非常特別的圖畫，原本是描繪風中的小葉片，但圖畫漸次發展，成長為一顆樹，在一片森林之中，背景是世界。隨著圖畫以拼圖方式成長，體積愈來愈大，尼戈在馬鈴薯田裡建造一個棚子，以遮蔽他的畫。

後來，尼戈因為替帕立斯跑腿，在風雨中病倒。這時，方外使者前來，告知他旅程出發的時候到了。

搭乘火車出發，第一站是一間工廠，尼戈在此努力工作了一個世紀。有一天，他獲准休息，聽到兩個聲音在討論他的事情。其中一個聲音似乎為他求情，最後，那聲音說，該是尼戈輕鬆些的時候了。

尼戈搭上小火車繼續旅程，來到他圖畫裡的世界，那樹已經長得高大茂盛。尼戈興奮大叫：「好個禮物！」於是尼戈走進森林，他知道裡頭還有許多工作帶完成，心想，如果帕立斯在這裡，可以幫我許多忙，因為這位老鄰居熟知植物和土地。想著想著，帕立斯出現在他面前，於是兩人開始動手忙碌。最後，尼戈認為前往山裡的時候到了，帕立斯堅持要留在原地等候他的妻子。這時他們才知道，兩人努力耕耘的園地就叫做尼戈之鄉，令他們驚異。一位嚮導引領尼戈進入他想望已久的山裡，從此再也沒有人見過他。

故事轉回尼戈出發前居住地附近的小鎮。很久以前，尼戈繪製的圖畫的一小片倖存下來，放在鎮上的博物館，標題為「尼戈之葉」。殘畫中但見幾片樹葉，背景是一個山巔。尼戈的家鄉成為一個渡假景點，人們來此休憩充電；也是介紹山中事物的解說站。

托爾金這篇小故事，說明藝術創作和真實之間的聯繫關係。天國亦存在藝術家創作的空間。故事裡的隱喻解說如下：畫家尼戈是托爾金自己；旅程代表死亡；畫作由葉片成為大樹，表示托爾金的完美主義；葉片或許就是《哈比人》；大樹就是《魔戒》和《精靈寶鑽》；尼戈工作的森林就是中土世界；巨幅繪畫其他拼片是托爾金的詩作、翻譯、論文等；帕立斯出產豐富的馬鈴薯田是庶民日常工作的成果；工廠是地獄；尼戈或許表徵人類的創造力；帕立斯代表庶人；尼戈期待往訪的山是天國；托爾金幽默地以馬鈴薯代表學術生涯；大樹表徵人類的想像力。樹木是托爾金最常用的象徵事物。

這種解釋方法導衍出一項結論，即《小小葉》是托爾金的自傳，也是每個藝術家的寫照。特別的是，尼戈未完成的畫作隱喻托爾金未完成的《精靈寶鑽》。寫完《小小葉》，托爾金得以再出發，繼續撰作《魔戒》。當然，路易斯的熱心鼓勵也是動力之一。

戰爭期間，路易斯成為受歡迎的基督信仰宣講者。美國《時代》週刊特別派遣一名記者，前往牛津訪問他。這位記者遍訪路易斯的好友和大學同事，仍不能解開他與摩爾夫人間的曖昧關係。這篇訪問遲至戰後、即一九四七年九月才刊登，這時路易斯已赫赫有名，足以登上封面人物。這篇訪問再加上查德・威爾斯撰作的〈路易斯：懷疑論的使徒〉，使路易斯在美國的聲望攀升至最高點。事實上，路易斯在美國的聲望始終高於自己的家鄉。

路易斯在戰時出版的著作包括：《痛苦的奧祕》（*The Problem of Pain*），一九四○；《沈重的榮耀》（*The Weight of Glory*），一九四二；《廣播談話》（*Broadcast Talk*），一九四二；《大榔頭寫給蠹木的煽情書》（*The Screwtape Letter*），一九四三；《基督徒行為》（*Christian Behaviour*），一九四三；《人性之外》（*Beyond Personality*），一九四四；這些著作在二十一世紀初仍然有相當的銷售量。

路易斯知名度竄起的原因，是他在英國國家廣播公司開闢談話性節目，共有四個系列，分別在一九四一、一九四二和一九四四年播出。廣播內容於一九五二年輯結成《返璞歸真》（*Mere Christianity*）出版。路易斯的廣播談話簡明易懂，成為日後福音傳播者的典範。當時，人們受到戰爭的影響，熱中思考終極問題，於是，英國國家廣播公司決定請路易斯來討論這方面的問題。路易斯慎重考慮。第一，他不喜歡廣播；第二，他不喜歡去倫敦。最後，使命感獲得勝利。路易斯和托爾金一樣，愈來愈相信英格蘭是後基督國度。路易斯認為，許多人認為自己捨棄基督，事實上，他們從未真正信仰基督，何來捨棄？他對於第一系列廣播的感覺記載在一封信裡。路易斯指出，這廣播並不是福音，而是先福音，目的在於勸服現代人，確有道德律令存在，不服從即是罪。道德律令存在，因此制定誡命者存在。如無耶穌的救贖，人們不能獲得安慰，只有失望。

托爾金自始不贊成路易斯做什麼大眾神學家。他是羅馬天主教徒，認為解釋信仰的工作應該由神學家擔任。他於一九五六年寫信給神學家奧斯丁．法瑞（*Austine Farrer*）的妻子凱撒琳，信中肯定奧斯丁的成就，但酸溜溜地貶抑路易斯。他說，如果像他先生那樣的正牌神學家早幾年這麼做，這世界「就可免受一場浩劫」。托爾金堅信，一個真正有創造力的基督徒藝術家，應該以隱喻方式傳達基督信仰，而不是像路易斯一樣用直截了當的方式。托爾金認為藝術家是「潛創造者」，以創造方式反映世界的本質。然而，托爾金卻十分推崇路易斯在這段期間的文學創作——《夢幻巴士》和《太白金星》。至於《那可怕的勢力》，托爾金認為已受通俗神學家的污染，不值得推薦。托爾金也很喜歡《大榔頭寫給蠹木的煽情書》，但路易斯將這本書獻給他，令他百思莫解。托爾金這段期間的書信，常探討《大榔頭寫給蠹木的煽情書》裡若干觀念。

托爾金開始寫新故事：

一九八七年六月十二日中夜，一場前所未有暴風雨，橫掃英格蘭南部和內陸。房屋和旅館傾倒，千萬斷樹殘枝阻斷鐵路和公路交通，城市和鄉村滿目瘡痍。暴風雨肆虐之前寧靜而燠熱的下午，幾位志同道合的學者在牛津大學基督學院聚會，討論古代時候，大西洋中央有一個島國，遭遇一場空前浩劫。他們詳細討論如何描繪細節，使用詞彙——

一九四六年夏天，托爾金向吉光片羽社的好友朗讀《糯軒俱樂部檔案》（*Notion Club Paper*）故事內容。故事發生的時間設定在未來某刻，即一九八七年，故事裡有一場暴風雨，以及一個文藝俱樂部。或許是巧合罷，故事中設定時日的四個月後，即一九八七年十月十五日，英格蘭中部果真發生世紀大暴風雨。

《魔戒》首部曲已經完成，《雙城奇謀》（*The Two Towers*）拉開序幕。托爾金決定利用空檔，撰寫一個時間旅行故事《糯軒俱樂部檔案》。華倫記下托爾金向他們朗讀時的要點。這篇故事只向吉光片羽社小部份成員朗讀，只有路易斯兄弟、托爾金和托爾金的三子克里斯多弗。這天，路易斯先朗讀一首關於地底精靈的詩歌，然後「托爾金朗讀記述露媚洛覆亡後的《糯軒俱樂部檔案》。」

《糯軒俱樂部檔案》從未真正完成。托爾金於一九四六年七月，寫信給他的出版商歐文，說明《糯軒俱樂部檔案》若干素材取自流產的《迷途》。但時間架構和場景全然不同。故事裡，這份檔案記述一九八六年至一九八七年，糯軒俱樂部聚會時的討論內容，隨後發生大暴風雨，檔案於二十一世紀初年被發現。顯然地，這是露媚洛的新版本「安納杜納沉沒記」。

《迷途》裡，托爾金父子化身為奧本父子；《糯軒俱樂部檔案》裡，吉光片羽社化身為糯軒俱樂部。《糯軒俱樂部檔案》中，幾個對語言和族群有興趣的學者，經由夢境和奇怪的語言，發現露媚洛消失前的若干線索，於是組成類似吉光片羽社的團體，一起研究討論。他們審視過去的方法雖然奇特，卻與歷史研究得臻的結果相同。故事裡，於二十世紀末期侵襲英格蘭的暴風雨，源自露媚洛覆亡之前的寧靜。也就是說，露媚洛的世界侵入二十世紀西方世界，造成一九八七年夏天的暴風雨。糯軒俱樂部根據語言和夢境研究過去，造成過去與現在相連結的結果。糯軒俱樂部的討論內容，包括夢境的重要性，以及經由夢境從事空間和時間旅行等等。故事背後，顯然是探討想像和真實的關係。

克里斯多弗於托爾金構想這個故事時，已是吉光片羽社的一員。他極其確定地說，糯軒俱樂部的成員與吉光片羽社成員絕無直接相關聯。但是我們仔細比對，仍然在其中找到托爾金自己，以及路易斯、威廉斯等人的身影。

《糯軒俱樂部檔案》成員眾多，與吉光片羽社一九四六年時的情況相似。五年前，路易斯寫給友人的信中，曾列舉吉光片羽社重要成員，包括查理斯·威廉斯，瑞丁大學的迪森，路易斯的哥哥華倫，以及哈佛醫生。未在路易斯名單裡的，尚包括法克斯，查理斯·烏倫，以及柯希。此外，巴菲德偶爾也從倫敦趕來參加聚會，但次數顯然不多。戰爭期間及戰後，又加入若干人，如克里斯多弗·托爾金，詩人兼小說家約翰·韋恩（*John Wain，19265-94*）暨兒童文學作家羅哲·葛林。

戰爭期間，吉光片羽社仍維持舊日的兩種聚會方式：文學性聚會在路易斯瑪格大倫學院的研究室，非正式聚會在小酒館舉行，如「鷹與嬰」。路易斯在信中說：「我最快樂的時光即穿套舊衣服，與三兩好友在小酒館裡閒聊；或是坐在某研究室裡，在啤酒、茶和菸斗之間，暢談詩、神學或形上學。」

戰爭初期，華倫因為被徵召無法參加聚會。路易斯於一九三九年九月寫信給他，詳細敘述週四晚上文學聚會的情形：「週四晚上，吉光片羽社的好友聚會。我們先在東門餐廳用餐，迪森這晚特別興致高昂，話多的不得了，不過全無意義。之後的進程，先由托爾金朗讀新的哈比人故事；接著威廉斯朗讀他的新劇本，令人驚訝地，竟然簡單易懂，獲得眾人稱讚。最後，由我朗讀《痛苦的奧祕》。」

托爾金當晚朗讀的，應是《魔戒》部分章節。路易斯認為：「幾乎就是個邏輯性十足的續篇。」威廉斯當晚朗讀的劇本是《馬廄旁的屋子》（*House by the Stable*），一場靈魂之戰，以內觀方式探索地獄。劇本中有兩個隱喻人物：一個美麗的女子名字叫做驕傲，她的哥哥叫做地獄，他們兩人企圖奪取某男子胸前的靈魂寶珠。但是，另有一對男女（男的名若瑟、女的叫瑪利亞）前來借宿，破壞了兄妹倆的計劃。

這個文學聚會一直持續進行至一九四九年十月的某個星期二傍晚，路易斯和華倫在研究室裡，升起爐火，備妥飲料，卻等不到任何一個朋友前來，於是文學性聚會終於畫下句點。然而，週二或週一在小酒館的聚會仍持續，直至路易斯過世。

根據約翰．韋恩的記述，一九四五年威廉斯過世後，路易斯和托爾金重新成為吉光片羽社的中心人物。韋恩指出：「路易斯對當代主義展開全面攻擊，運用廣播、通俗神學著作、童話故事、浪漫作品、文學批評等等方法。托爾金則致力於

《魔戒》三部曲創作。社員們都熱中於托爾金的故事，因為浪漫文學是社團的精神基礎。」韋恩說，托爾金和路易斯欣賞的作家有喬治．麥克唐納，威廉．莫理斯（欣賞其部份作品），以及艾迪森。艾迪森偶爾也參加吉光片羽社聚會。

這些奇幻文學作家的共同特色即是擅於虛構。韋恩指出：「路易斯認為，巧妙地虛構是文學創作的精華。他並且不遺餘力地推薦從史賓賽到哈格德，每一個浪漫作家。」韋恩說，他發現吉光片羽社是一個「知其不可為而為之陣線」，這種精神也是社團得以成立的基礎。路易斯的個性充分展現「知其不可為而為之」的堅決：「基本上，路易斯是個謙虛的人，但他為一己的信念長期奮戰時，則興奮地攫取征服的榮耀，必要時候，享受英雄破敵的暢快。」「知其不可為而為之陣線」還包括桃樂絲．賽亞斯，童話作者羅哲．葛林，詩人羅伊．坎貝爾。韋恩認為：「那段時日，路易斯扮演聯盟精神領袖的角色，不准任何同志對敵人手軟。但他的哥哥華倫並不非常討厭當代主義，偶爾會放水。」

從托爾金的往來書信中，我們可以發現，他寫作《魔戒》時，受到吉光片羽社好友們極大的鼓舞。然而這寶貴的精神支援，因為迪森行使否決權而終止，時為一九四七年春天。雖然迪森未出席時，托爾金仍然向其他社員朗讀故事內容。據說，迪森對於精靈故事本來就沒興趣，難以忍受長年累月的朗讀。顯然托爾金這篇構作中的史詩，並沒有感動迪森，不若路易斯、威廉斯及其他社員。迪森行使否決權後不到三年，吉光片羽社的文學聚會即告結束。華倫的日記裡敘述當天的情形：「今晚的聚會參加踴躍。路易斯和我、托爾金、哈佛醫生、柯希等人都出席了，托爾金正朗讀他的作品時，迪森來了，然後行使否決權。我覺得很不公平，但托爾金不得不停止朗讀。」

托爾金失去吉光片羽社的發表機會，需要路易斯更多鼓勵，才能完成《魔戒》的創作。

①*William Makepeace Thackeray*，*1811-1863*，英國維多利亞時期小說家，與迪更斯並稱小說雙傑，最知名的作品為《浮華世界》（*Vanity Fair*），楊必譯本依錢鍾書建議，將譯名定為《名利場》。

Chapter Nine
魔衣櫥與魔戒
（1949～1954）

一九四九年春天，陽光亮麗的早晨，牛津校園靜靜躺在微風溫暖的懷抱裡。莫頓學院圖書館管理員羅哲・葛林穿過學院長廊，走進莫頓街，差點和托爾金撞個滿懷。

「哈囉，教授！」葛林開口問好。

托爾金頭也不抬地漫應：「哈囉。」匆匆往前行。

葛林一點也不覺得奇怪，這就是托爾金，老是神遊方外。他們在吉光片羽社的聚會裡見過幾次，葛林是其中最年輕的一位，托爾金則是最熱情的一位。葛林和托爾金、路易斯、迪森曾幾次一起邊喝啤酒邊聊天，感覺暢快。事實上，有一整個學期，托爾金指導葛林撰寫《蘭格與童話故事》的論文。

數天後，葛林和托爾金在莫頓學院門口再次不期而遇。

「呃——哈囉，教授，」葛林有些猶豫。

「羅哲，」托爾金熱情回應：「真高興遇見你。」他伸出手臂環著葛林肩膀：「走，我們去喝一杯。」不容抗拒，葛林被推進酒吧。

他們挑一張小桌坐下，托爾金燃起菸斗，噴出一口煙，意味深長地望著葛林。

「我聽說你讀過路易斯那篇兒童故事，那實在不行。我是指『仙女之路』（*Nymphs and their Ways*）、『人羊①的愛情生活』（*The Love-Life of a Faun*），作者知道自己在說些什麼嗎？」

托爾金語帶諷刺但只是點到為止，卻使葛林覺得很不舒服。葛林瞭解，托爾金對於不合自己觀點的品味，必然起身迎戰，而不是置之不理。葛林很喜歡讀路易斯的《納尼亞》系列故事，他也曾提出意見，建議路易斯刪除故事中的聖誕老人，因為他的出現破壞了整個奇幻結構。葛林知道路易斯是有把他的建議當一回事，因為葛林曾經把自己一篇兒童故事拿給路易斯看，而路易斯非常喜歡這篇作品，甚至這篇故事給了路易斯寫作《納尼亞魔法王國》第一部的靈感。不過，他的勸阻沒有結果，路易斯堅持保留聖誕老人。

「事實的真相是，」托爾金身體向前傾，湊近葛林：「傑克和我對於彼此的作品並非全部觀點一致。並不是所有的『新哈比人』情節他都贊同。特別提醒你，他對大部分內容很感動，我朗讀的時候，看見他眼中閃現淚光。你知道嗎，他確實認為哈比人故事內容豐富，寓意深遠。」講到最後，托爾金聲音輕低了。

葛林覺得舌頭打結，真相似乎不是如此，他想起路易斯對新哈比人故事的批判。路易斯確曾為托爾金的故事感動，但他也說過，讀哈比人故事只不過是托爾金在自己的光榮海域中打轉。葛林不曾聽過哈比人的新故事，因為他剛加入吉光片羽社，隨即迪森反對托爾金再唸他的精靈故事。葛林認為，否決權刺傷了托爾金。

然後，話題轉向別處，談到莫頓圖書館，托爾金提及渴望換屋至離莫頓學院更近；然後，談到共產黨據有中國，又談到將在這年夏天完成《魔戒》。托爾金向葛林的新婚妻子致意，並詢問他寫作的情形。

兩人分手後，托爾金去莫頓學院，葛林走向大街，心中想著路易斯的納尼亞王國。

數個星期前某晚，路易斯告訴他撰寫了一篇兒童故事，並且說：「我不知道這是不是一篇好作品，心裡也很矛盾，猶豫該不該繼續寫？你知道嗎，托爾金不喜歡這篇故事。我曾向他朗讀前兩章，他一點也不喜歡。我能不能讀第一章給你聽，聽聽你的意見？」

於是，葛林隨路易斯前往瑪格大倫學院研究室，聽他讀完三章《獅子．女巫．

魔衣櫥》。隨著故事進展，葛林心中湧現崇敬。他直覺認為，這將是一本全世界最偉大的童話故事。葛林的論文題目正是關於兒童文學，讀過的童話、童書不計其數，他認為自己的判斷正確。

「你看呢？」路易斯放下手稿，慢慢裝填菸絲：「應該繼續寫嗎？」

「當然！」葛林毫不猶豫地。

不久之後，葛林收到路易斯字體細小但整潔的手稿，上頭是《納尼亞魔法王國》系列第一個故事。

回到四年前，即一九四五年，托爾金轉往莫頓學院英國語言及文學教席。這項職務變動，表示他在十六世紀之前的中世紀英國語言及文學領域的責任加重，也顯露出他的廣泛興趣，尤其是英格蘭中西部語文。他擔任盎格魯撒克遜教席將近二十年。托爾金成為莫頓學院教師，但他不必像路易斯一樣，擔任大學部學生的導師。這年底，莫頓學院的英文教席出缺，他希望路易斯能繼任這個教席：「應該給路易斯，」托爾金當時說：「或是大衛・希塞（*David Cecil*），很難說。」托爾金是投票人之一，但其他教授認為威爾森（*F.P. Wilson*）較適當。威爾森是路易斯大學時代的導師。

查理斯・威廉斯於一九四五年五月遽逝，並沒有使路易斯和托爾金恢復往日的親密。托爾金明白路易斯很難過，但他一向認為路易斯過於崇拜威廉斯。威廉斯死後仍繼續對路易斯發生影響力，使路易斯繼續走向通俗神學家之路，令托爾金耿耿於懷。

由於友誼仍處於冷靜階段，路易斯對於《魔戒》的批評和建議，托爾金似乎不甚理睬，更似乎忘記了路易斯先前鼓勵的助益。但托爾金仍然積極為路易斯拉票，爭取莫頓學院教席。由於路易斯的通俗神學家身分，使得他聲名大噪，使一向重視階級倫理的教授對他產生敵意，影響他獲選教席。路易斯於一九五一年爭取詩學教授，再度失敗，或許也是同樣原因。無論如何，托爾金相當感激路易斯在改革課程方面，與他站在同一陣線。托爾金也相當關切《納尼亞》系列的寫作進度，因為他認為路易斯胡搞瞎搞。他認為自己寫作《魔戒》的態度就迴然不同，始終堅持藝術是「潛創造」，經由想像創造一個秩序井然的第二世界。雖然路易斯對於奇幻文學的觀點大致與他相同，但納尼亞王國的創建並沒有中土世界那樣「嘔心瀝血」。

為了藝術、為了愛

托爾金和路易斯都認為應該創作成人奇幻文學，並非說創作兒童奇幻文學是不對的，真正的戰場，在於創作適合當時代成年人的奇幻英雄故事和浪漫故事。托爾金覺得路易斯《那可怕的勢力》受到威廉斯的影響，是失敗之作。如今，路易斯轉戰兒童文學，似乎意味著路易斯將從主戰場撤退。事實上，路易斯只是根據直覺寫作，不像托爾金為主義而寫作。路易斯說：「我撰寫兒童文學，因為那是表達心中某些想法最好的藝術型式。」

托爾金認為奇幻文學應該為成人而寫，路易斯相當同意。路易斯於一九五五年《魔戒》三部曲全部脫稿時，在一封給朋友的信裡，仍然認為奇幻文學不應為兒童、而是為成人而寫。既然有讀者群，就不應該讓他們無書可看。

就事後諸葛的觀點看來，路易斯的兒童文學作品並非失敗之作，與托爾金先前的預測不同。《納尼亞》系列成功聯繫了基督思想與前現代價值，後者即是自《天路歷程》之後的主流價值，也是托爾金和路易斯觀念中的舊式西方價值。路易斯先前完成三本科幻小說，即《沉默星辰之外》、《太白金星》、《那可怕的勢力》等，使他說故事的功力大增。路易斯和托爾金一樣，對於科幻小說的想像可能性所產生的風格非常有興趣。他覺得兒童文學的風格和科幻小說一樣，給予他一個較好的平台，得以傳播基督思想，其功能甚至大於廣播節目。之前的著作，如《痛苦的奧祕》和《神蹟》，相較之下，即受到限制。雖然這兩本書迄今仍然具有若干需求和神學意義，但缺乏「想像的人物」，以致不能達臻路易斯期許的傳播基督思想效果。

諷刺的是，托爾金對於《納尼亞》系列貢獻良多。他持續不斷地和路易斯爭論，堅持以隱喻方式傳播基督思想，使這個觀念深深烙印路易斯心頭，而後影響作品。路易斯知道托爾金不贊同他的大眾神學。然而，廣播節目效果宏大，民眾需求路易斯的神學著作，逼得他朝此方向寫作。《神蹟》即是路易斯最好也最具代表性的神學著作，智識性超過《返璞歸真》。路易斯在《神蹟》書中的觀點，引發他與當時代哲學名家伊莉莎白．安松貝的論戰。論戰後路易斯覺得，當時代的哲學著作只是為了少數專業人士。此後，他採取較間接的傳播基督思想方式。雖然沒有明確表示，他已追隨托爾金一向堅持的原則。之後撰作的《四種愛》、《詩篇擷思》（*Reflections on Psalms*）、《卿卿如晤》（*A Grief Observed*）、《飛鴻22帖——路易斯談禱告》（*Letters to Malcolm: Chiefly on Prayer*）都是依循這個原則；《納尼亞》系列則是路易斯自認最好的小說，《裸顏》則和《魔戒》一樣，是為成人寫作的奇幻小說，背景為前基督時代。

托爾金批評《納尼亞》系列的主要論點之一，即是認為這本書隱喻艱澀，並咬文嚼陳述基督思想。事實上，《納尼亞》系列並沒有施展置入性行銷手法，傳播基督思想。路易斯並沒有刻意使用隱喻方式，只是單純地建構一個會說話動物的世界。他在過世前不久的一封信中說：「《納尼亞》系列並不是隱喻故事，並非用虛構世界表徵現實世界；而是建構納尼亞王國，設想造物者或救贖者或審判者，在那個王國將如何作為。你看，這和隱喻手法相似但不相同。」

濃濃思鄉情化作納尼亞王國

托爾金的作品，源自於心中突然出現的一個名字、一個字或一個辭。路易斯說，他所有的想像作品，都源自於心中突然湧現的圖像。《納尼亞》系列第一個故事的圖像是，下雪的森林裡有一個半羊半人獸一手捧著一個包裹、一手撐著雨傘，這圖像在他十六歲時首次顯現心中。故事其他的要素尚包括他孩提時代見到的景物，包括唐恩郡的莫納山脈，廣闊的原野，其上的冰丘、森林和沼澤，以及陡峭的岩岸。這些景觀構成納尼亞王國的地理形勢。路易斯思念家鄉，幾次想返鄉，卻因為摩爾夫人身體虛弱，無法成行。他在一封致友人的信中，提及家鄉的山嶺和崎嶇的海岸，滿紙思鄉情懷。華倫也十分肯定地說，納尼亞風光正是北愛爾蘭貝爾法斯特的風景。

《納尼亞》系列包括七個故事，自納尼亞創造至終結，橫跨兩個半千禧。許多人都喜歡先讀《獅子．女巫．魔衣櫥》，因為這篇故事簡單，有魔法，並建構納尼亞王國的基本架構。

《魔法師的外甥》故事裡敘述納尼亞創造的過程。狄哥里和波莉經由「諸世界」

森林裡的池塘，進入古老且將死亡的「咣世界」，意外發現一個空無一物的「無世界」。然後，亞斯藍之歌響起，創造開始，納尼亞在他們眼前逐漸成為一個會說話動物的國度。亞斯藍是一隻會說話的獅子，牠是納尼亞王國的統治者。

狄哥里不小心將罪惡化身的賈蒂絲，帶入這個新創造的樂園。賈蒂絲就是毀滅「咣世界」的毀滅者。賈蒂絲消失於納尼亞國度之外，過了許久許久，化身為白女巫返回，施展魔法，使納尼亞一年四季都是冬天，聖誕節永遠都不會來。四個避難小孩——彼得、蘇珊、愛德蒙和露西穿過衣櫥，這時亞斯藍返回納尼亞，女巫的咒語也開始消失。亞斯藍因愛德蒙而死，但有一個更高的律法，超越賈蒂絲的魔法，使亞斯藍復活，並殺死賈蒂絲。於是，納尼亞的黃金時代開始。

四個避難小孩返回現實世界後，納尼亞王國逐漸陷入混亂。特瑪玲人無意間闖入納尼亞，佔領土地，並使所有的動物和植物都沒辦法說話。古納尼亞隱藏於對於亞斯藍的信仰，並堅信祂將再臨。具有魔法的米拉茲將哥哥賈思潘九世罷黜，並撫養他的兒子賈思潘王子長大。賈思潘王子聽聞舊納尼亞神話，並渴望神中的世界再度降臨。他逃過一個暗殺他的計劃，加入古納尼亞人行列，於關鍵時刻，幫助四個避難孩童返回納尼亞。

賈思潘王子遊歷四海，這段經歷記錄在《黎明行者號》，之後返回納尼亞，成為賈思潘十世。他的兒子瑞里安王子遭賈蒂絲綁架，囚禁在地底當奴隸十年。賈蒂絲企圖以瑞里安王子為傀儡國王，竊據納尼亞。《銀椅》就是講述，避難小孩的表親姬兒（*Jill Pole*）和尤斯提（*Eustace Scrubb*）受到亞斯藍的請託，找尋瑞里安王子的下落，結果他們突破「綠衣女巫」阻撓，終於救出王子。

許久許久之後，納尼亞最後一個國王遜里安時代，一個冒牌的亞斯藍和南蠻結合，嚴重威脅納尼亞。這是納尼亞最黑暗的時代。遜里安國王向神祇禱告，祈求派遣「亞當的兒子和女兒」（即指彼得、露西等四兄妹）前來拯救，亞斯藍於是請尤斯提和姬兒馳援。最後，亞斯藍終於介入、毀滅整個世界，然而，事實卻顯示，這不是個終結、而是個新的開始，新的納尼亞於是誕生。

第一篇故事《獅子．女巫．魔衣櫥》，出版於一九五〇年，那年六月二十二日吉光片羽社在「鷹與嬰」聚會，路易斯拿出校稿傳給在場諸位先睹為快。一個月後，《奇幻馬和傳說》脫稿。接著，其他的故事也陸續迅速完成。

亞斯藍，即土耳其語的獅子，是七篇故事的中心，表徵基督，但不是隱喻式的角色。它不具人形，而是一隻會說話的獅子。來到納尼亞王國的孩子們發現，亞斯藍並非一頭溫馴的獅子。路易斯的獅子或許與威廉斯的《獅之鄉》有關。路易斯在他的《痛苦的奧祕》寫道：「我認為，獅子在沒有危險的情況下，仍值得敬畏。」孩提時代，路易斯參加貝爾法斯特市郊聖公會聖馬可教堂的禮拜。聖馬可是新約聖經馬可福音的撰寫者，由於這部福音書的開場是敘述若翰洗者在曠野中呼喊（和「獅子在曠野中怒吼。」的聖經相呼應），因此聖馬可的象徵即是獅子，這間教堂發行的刊物名即是《獅》。

《納尼亞》系列逐一問世之時，《魔戒》也完成了。這本書的寫作確是一個冗長而痛苦的奮鬥過程。全書一致性的修正於一九四九年秋天完成，但仍保留大篇幅的註解附錄。托爾金接受英國國家廣播公司訪問時指出：「這本書被批評的時候，我確實哭了，然而也據以作了大幅度修改。整部作品我親手打字兩遍，若干部分甚至數遍，因為我付不起打字費。打字工作全部在一間窄小閣樓的床上完成。」他將打字稿給路易斯過目，路易斯說：「你將青春歲月全部耗費在這本書上，證明是正確的。」大部分修改工作都在布克郡的文法學校完成，托爾金於一九四九年夏天來此借住，這地方和他所進行的工作相當相稱，他的童年有一部份在這所學校附近渡過。

然而，《魔戒》延遲數年方始由歐文為他出版，背後原因十分複雜。主要原因是，托爾金希望《魔戒》與未完成的《精靈寶鑽》同時出版，雙方產生歧見，又牽扯另一家出版公司，紛擾不斷。最後，托爾金終於放棄同時出版的要求，於是歐文積極籌備。由於整部書結構龐大，決定分為三冊。《魔戒》首部曲於一九五四年七月二十九日問世；《雙城奇謀》，同年十一月十一日；《王者再臨》，一九五五年十月二十日。托爾金曾寫信向出版商歐文說：「這部書是我生命和血的凝聚，我已竭盡所能。」於一九五二年十一月，出版商和托爾金簽訂契約，給予超高比例版權費，因為出版商已有賠錢的心理準備。當初版終於問世，扉頁的題獻十分簡潔：「獻給吉光片羽社」。

一九五二年夏天，托爾金前往威色斯特郡瑪文城鎮渡假，與喬治．賽亞相聚。賽亞是瑪文學院的英文教師。某晚，賽亞拿出一個錄音機的雛形產品，托爾金覺得很新奇。他興奮地問，這玩意兒能否錄下古哥德語的主禱文。錄完後撥放錄音帶，托爾金高興極了，要求錄幾首《魔戒》的詩歌。玩了整晚，托爾金對自己的作品更有信心，也顯示他對於舞台演出的偏好。

賽亞和托爾金成為朋友，是經由路易斯的介紹。路易斯兄弟很喜歡爬山，時常邀托爾金同行，有一次賽亞和路易斯兄弟一起爬山，因而結識。自一九五一年摩爾夫人過世後，他們常離開牛津往他處遊玩。托爾金走路很慢，喜歡慢慢欣賞風光，觀察事物，其他人則走馬看花般快速前進。賽亞說：

白天款待托爾金很容易。我們前往瑪文山區遊覽，他小時候經常由伯明罕或色溫河遙望這山。他邊走邊對照書中描寫的地理情勢。有時候我們駕車前往威爾斯境邊的黑山，穿過石楠木步道邊檢拾覆盆子。我們在樹下野餐，吃麵包乳酪和蘋果，佐以啤酒或西打。旅途中看見工業污染的痕跡，他即出口咒罵。在家裡，他幫我園藝工作，尤其喜歡在一平方公尺的小園地裡細心耕耘。

在《魔戒》的封底，路易斯為好朋友的嘔心瀝血作品背書：

創造力方面，足以和亞里斯多德匹敵；至於英雄感，亞里斯多德難以望其項背。從來沒有一個想像世界如此奇幻多變，仍維持完美的一致性；敘事客觀，完全不受作者主觀心態的羈絆；隱喻靈活，充分反映真實人生。最令人激賞之處，在於風格多變，以符合各式各樣的場景和人物。

托爾金和出版商都擔心，由路易斯出面推薦風險太大，尤其是他用亞里斯多德來相提並論。因此，首部曲和二部曲出版後，來自各方的貶抑批評，他們早有心理準備。一九五四年九月九日，托爾金寫信給歐文指出，這麼多反對聲音，路易斯「功不可沒」。托爾金並且指出，早在數年前，路易斯曾說，他的推薦效力將是大凶或大吉，現在終於應驗了。然而，托爾金在信中說，他仍堅持路易斯繼續為他背書，因為，沒有路易斯的鼓勵，《魔戒》不可能完成。許多評論都是諷刺路易斯過於誇大其辭，譬如他在某報紙上說：「這本書猶如晴空突現的閃電」，「開創了新的疆域。」。

作為一件文學作品，《魔戒》引發無數學術界和讀者的正反批評，持續至今。

詩人奧登於一九五六年元月二十二日，在紐約時報發表對於《王者再臨》的意見：

於《王者再臨》中，佛羅多終於達成願望，索倫的王國永遠消失，第三時代結束，托爾金的《魔戒》畫下句點。就我記憶所及，自己不曾對任何一本書有如此強烈的讚譽。事實上，沒有一個人曾對這本書有持中的評斷，包括我自己在內。有些人認為這是劃時代傑作，有些人無法卒讀。對於那些反對者的意見，我仍然予以尊重。

我相信，若干反對意見，源自首部曲第一章前四十頁，對於哈比人日常生活的詳盡描述。這部分是輕喜劇的型態，而輕喜劇並不是托爾金擅長的領域。若干反對意見，則必須再深入討論。有些評論家認為，英雄大業和奇幻文學不能混為一爐，否則就是逃避主義。我相信，作者身為牛津大學語言學教授，對於這種不值一顧的武斷定義，祇能痛苦承受，雖然他內心震驚不已。

《魔戒》的文學特質，在於其中的語言學基礎。托爾金使用他自創的語言，為書中的人物和地方命名，創發想像可能性，使語言成為神話背景的基礎。另一個特點是托爾金大量運用象徵手法，使追尋、旅程、犧牲、安慰、死亡，都成為書中的象徵要素。旅人經過的路途，和其間的景觀，完全符合旅程各階段的氣氛，以及整個故事的進程，譬如，莫尼亞的恐懼，地底世界的架構等。這些地裡景觀成為故事的動力，藝術化地編排成故事內容。托爾金最偉大的成就在於以文學形式展現鮮活的神話故事，給予讀者無限想像空間。托爾金的功力可比美喬治・麥克唐納。

《魔戒》是一個英雄浪漫故事，敘述英雄對抗黑暗之主、終於獲勝的漫長志業，並涉及有統治權能的魔戒。這是一個結構完整、前後一致的故事，地理格局雖在中土世界，卻是獨立於《精靈寶鑽》的創新神話。

數十萬言的《魔戒》終於完成，托爾金得以恢復較輕鬆的大學教授生活，指導研究生，在英文系授課，偶爾公開演講。於是，他又想起他未完成的《精靈寶鑽》。這段期間，他曾到愛爾蘭的天主教大學參與考試業務，也曾前往比利時參加學術研討會。他和艾迪絲過著和樂日子，對於想像世界仍不忘情，但現實世界平靜無波。相形之下，路易斯的生活則是激盪多事。

①譯者註：人羊（*faun*）是羅馬神話中的半人半羊神祇，愛好酒色，生性淫蕩。在《納尼亞魔法王國》中的人羊上半身像人、下半身佈滿毛茸茸、黑亮亮的毛，活像山羊，還有著細細長長的尾巴。

Chapter Ten

劍橋大學的震撼

(1954～1963)

一九五四年五月十七日，夜幕低垂時分，托爾金回到牛津郊外黑丁頓區家裡，一進門就興奮地叫喚著愛妻艾迪絲。艾迪絲剛彈完鋼琴，雖然她的關節飽受關節炎之苦。托爾金嚷著：「我要打電話給傑克，討論學校的事。」話還沒說完，托爾金已進入他的「辦公室」——一個車庫改裝成的空間裝滿他的書籍和夢想。

他拿起電話聽筒，撥了號碼。

「這裡是污水處理廠。」電話那頭傳來好朋友熟悉的聲音。

「傑克，我是托爾金。我有事情要和你討論，非常緊急，我現在過去好嗎？」

「是不是關於劍橋講座教席的事？沒問題，我叫華倫煮一壺茶。」

「我半個小時就到。」

托爾金搭乘的計程車抵達窯廬時，路易斯已在門口等候。夜裡起了些風，增添寒意，托爾金鑽出計程車時，不覺拉緊外套。這是個陰霾天氣，原野無光，屋子裡透出友誼的燈光。

「進來吧，托爾金——華倫，我們的客人到了。」路易斯說著，推開起居室大門，一股菸絲香飄送而來。這個房間瀰漫著路易斯兄弟喜歡的菸絲味，爐子裡的火剛升起。雖然已是晚春，夜涼仍如水。

托爾金向華倫打招呼。起居室裡壁紙剝落，家具顏色陰沉，兩兄弟身上散發出濃郁的菸絲味。托爾金已許久不曾來窯廬，想起迪森稱這裡為貝塚，不禁莞爾。摩爾夫人過世已三年，貝塚這玩笑越來越名副其實。

「請坐，托爾金，我來倒茶。」華倫面帶微笑。托爾金認為華倫是少見的彬彬有禮的朋友。華倫和路易斯長得有點像，但是臉較圓。托爾金看過路易斯父母親的合照，覺得路易斯像媽媽，華倫像爸爸。

三個人坐進圈臂椅子，托爾金點燃菸斗。華倫遞上紅茶給托爾金和他的弟弟，路易斯很快地輕啜一口，放回杯墊上，轉身向托爾金。

「你知道，我必須拒絕劍橋的講座教席。你知道嗎，我無法離開窯廬，而且我已經鼓勵史密色斯申請這講座。我不能反悔。劍橋的邀約太突然，我並沒有申請。」

「這正是我要和你討論的。傑克，有些事情如果聽了我的分析，或許你會有不同看法。」

「我希望傑克接受，」華倫突然插嘴：「他早幾年前就應該獲得講座教席，他媽的牛津有什麼了不起，我們接受劍橋的。」

深夜時分，托爾金離開窯廬，手舞足蹈。經過他強力勸說，華倫猛敲邊鼓，路易斯終於答應再寫一封信給劍橋，表達願意赴任。這是一個新設立的講座教席，路易斯已謝絕兩次，但劍橋大學副校長堅持由他擔綱。窯廬的長工弗瑞德請纓接送路易斯往返劍橋和窯廬，路易斯認為在車上邊聽弗瑞德唱歌，也是一種享受。

路易斯的好朋友海倫·嘉娜（*Helen Gardner*）於一九六五年發表一篇文章，說明路易斯為何不能自牛津獲得殊榮：

> 一九四〇年代早期，我回到母校牛津擔任導師，路易斯是英文系當時最紅的教授。他已完成文學史著作；他講課使用最大的演講廳，而且座無虛席。他創設蘇格

拉底社，討論宗教和哲學問題，是當時大學部學生最有影響力的社團。但是，一九四六年莫頓學院英國文學教授職位出缺時，投票人並沒有支持他，而是將他大學時代的導師自倫敦請回來，擔任這個職務。當時投票者反對路易斯主要原因，是認為他已成為「當紅使徒」，恐怕沒有時間，致力於即將快速發展的英文系教學和事務。

此外，有些人認為「鞋匠做鞋子，木匠做桌子」，英國文學教授兼任業餘神學家，實在不恰當。還有，牛津大學不少人不喜歡基督教護教神學，部分人則疑慮他的宣道方式。基本心態的反對，應該是路易斯不能獲選的最重要原因。因此，數年後又有一個教授席位出缺，路易斯雖入圍仍然未得獎。

海倫．嘉娜也提起，一九五一年詩學教授選舉，路易斯再嚐敗績。

但是，為何劍橋大學給予路易斯殊榮、竭力邀請他成為英文系戰將？劍橋於一九二〇年代和一九三〇年代建立新文學批評，強調分析式批評，但並未完全忽略實質批評。英文系的主流思潮，為李察斯領軍的心理和和經驗批評，路易斯則主張廣泛閱讀，重視讀者對作品的感受，兩者差距相當大。然而，劍橋大學內仍有若干李維斯（*F.R.Leaves*）的忠實信徒，揭竿反對新文學批評。路易斯曾數次受邀至劍橋大學演講，講題為中世紀及文藝復興時期英國文學，這部分是劍橋最弱的，尤其是在班奈特教授退休後。因此，劍橋決定新設中世紀及文藝復興時期講座。對路易斯而言，這講座教席猶如天上掉下來的。李維斯的信徒們更認為這講座非路易斯莫屬。

根據牛津和劍橋的傳統，講座教席由傑出學者投票決定，投票人不限於本校教授。八名投票人，其中托爾金、威爾森代表牛津，劍橋的班奈特，還有曾與路易斯論戰並合作出書的提雅德等人，於一九五四年五月十日，投票決定由路易斯擔任這項職務，雖然他沒有提出申請，而且曾在劍橋大學演講時，懷疑是否有文藝復興時期存在。路易斯曾心不甘情不願地事奉基督，這回同樣不願意委身劍橋。

路易斯在接獲邀約後立即回信表示不願意接受，主要理由是他未提出申請，並鼓勵瑪格大倫學院的同事史密色斯提出申請。路易斯列舉的其他原因尚包括家庭因素——哥哥華倫因為酒癮，健康狀況不佳，以及個人因素——他認為自己已五十六高齡，活力不如年輕人，無法承擔新職務賦予的重任。事實上，自一九五一年摩爾夫人過世後，路易斯的生活不再受羈絆，有極大的自由活動空間。

劍橋大學副校長亨利・威靈克（*Henry Willink*）接獲婉拒信後，隔天回信給路易斯，希望他重新考慮，並給予兩週考慮期間。路易斯再度婉拒，除了重述先前的理由，更強調兄長華倫的「心理健康狀況」，並且說明他頂多僅能在學期中駐校。威靈克覺得自己已盡人事，於是寫信給第二順位的海倫・嘉娜，請她出任講座教席。嘉娜承諾仔細評估，未即刻回覆。

就在威靈克寫信給第二順位人選這晚，托爾金前往窯廬。他完全不知道已通知海倫・嘉娜這回事，他竭力而且終於勸服路易斯改變心意。托爾金一一解除路易斯的疑慮。第一，他認為史密色斯能力不足，是否提出申請無關緊要。第二，劍橋的駐校制度富於彈性，即便在學期中，每週有一半時間在校區即可。何況，他不在窯廬的時候，管家和長工弗瑞德也能照顧華倫。第三，轉換跑道對路易斯有利，因為牛津學究似乎不太喜歡他，晉升機會渺茫。數年後，托爾金於致友人的信裡指出：「牛津學者在研究領域之外著書立作，永遠不會獲得原諒。至於偵探小說則是例外，因為那是學究們在感冒高燒時的讀物。而且，路易斯是國際暢銷作家，更無法令人釋懷，雖然學究們都是虔誠的基督徒。」一九三一年某夏夜，托爾金曾力勸路易斯「浪子回頭」，二十三年之後，一九五四年，托爾金再度激勵路易斯改變心意，接受劍橋大學講座。

第二天，托爾金立即寫信給劍橋副校長，告知路易斯已改變心意，請他保留講座教席，並告知班奈特，路易斯已改變心意。威靈克告訴托爾金，已發函邀請海倫．嘉娜任職，現在唯一能做的是等待海倫回覆。五月十九日，路易斯致信威靈克，表示願意接受講座，並責備自己先前的魯莽。這期間，海倫．嘉娜聽聞路易斯改變心意的風聲，隨即發函劍橋，拒絕講座邀約。她後來解釋：「主要原因是我聽說路易斯改變心意，這講座原本就是他的。」

海倫．嘉娜嗣後獲聘牛津大學英國文藝復興時期作品導讀人，並於一九六六年獲聘英國文學莫頓教席。對於文藝復興時期的重要性，以及期間的人本主義，嘉娜與路易斯的看法南轅北轍，但無損她對路易斯學術成就的尊重。劍橋講座職務自一九五四年十月一日生效，但路易斯在牛津若干職務未了，延遲至一九五五年元月一日履職。於是，他的學術生涯由牛津瑪格大倫學院轉往劍橋。

牛津大學是路易斯學術生涯的苗圃，也是花開燦爛的園地。他大學時代即就讀牛津大學院；嗣後在瑪格大倫學院任教三十年，對牛津英文系的成長貢獻良多，他的重要學術著作都在牛津完成，他且是牛津吉光片羽社的發起人兼靈魂人物。此後八年，自一九五四年至一九六三年他因健康理由退休，劍橋成為他學術生涯的第二個燦爛花園，文學史和文學批評著作相繼問世。

小說家兼文學批評者大衛．羅吉（*David Lodge*）認為，整體而言，路易斯的文學史家地位較確切，至於他的文學批評：

呈現廣泛的興趣和專業，但他關於中世紀文學的著作，方是他最值得重視的著作，尤其是《四種愛》。路易斯在多方面代表牛津傳統，尤其是文學批評方面，以輕鬆、易懂、熱情和保守心態解讀作品。當然，他對劍橋李維斯學派堅持原則，認為文學研究即是歷史研究，是對於歷史資產的明釋和辨正。他的《論庶民文學》，即清楚闡釋這個觀點，並強烈質疑這觀點未來是否能繼續存活。

《論庶民文學》是路易斯一九五四年劍橋就職演說的題目。無論如何，路易斯不僅是個文學史家，他的文學史著作有雙重目的：解讀作品真意；經由其中的歷史背景瞭解歷史文化。他的第一個重點是個別作品內容，第二個重點則是作品的歷史背景。路易斯認為，文學世界是人類想像力和創造力的結晶，我們必須考慮作者的價值觀。我們必須超越現代世界的狹窄框架。事實上，路易斯致力於重建前世代的思維和想像力，尤其是十六世紀的。

路易斯於一九五四年十一月二十九日發表就職演說，這天恰是他的五十六歲生日。他在演說中力主捍衛「西方傳統文化」，這也是托爾金和他在文學領域耕耘的主要標的。這是路易斯履新劍橋講座教席強有力的出發點，但他日後在劍橋的著作卻態度低調而隱微。主要原因是當代主義陣營的氣勢日益壯大，機械式和技術性的文學批評已成為主流思潮。

路易斯日後的妻子海倫・喬伊・戴薇曼（*Helen Joy Davidman Gresham*）於一九五四年十二月二十三日寫信給他的美國友人，提及這場演講：

流暢，充滿智性，出人意外，而且非常幽默。演講廳裡擠滿人，穿學袍戴學帽的學究坐在前幾排，彷彿接受新生訓練。他捨棄一般學術演講的模式，不論述文化延續，不討論傳統價值，直接了當宣佈：西方傳統文化已死，只剩下幾個倖存者，包括他自己——為何一個人會甘於當少數者，而且是失去立場的少數者，像唐吉訶德一樣奮戰風車？他侃侃而談「後基督教時代的歐洲」，彷彿那時代就在他的眼前。我好奇，如果基督宗教真的在歐洲各地全面獲勝，他該何去何從？我猜他恐怕得再發明一種新異端。

這場演講充分表達路易斯的思維：

整體而言，我們祖先的歷史可以分為兩個時期，即前基督時期和基督宗教時期，而且只有這兩個時期。相對地，我們的歷史分為三個時期，前基督時期，基督信仰時期，以及後基督信仰時期。我這樣分類的理由在於文化變遷，而且，第二次文化變遷比第一次更徹底。

在女詩人珍．奧斯丁（*Jane Austen*，*1775-1817*）的時代與我們的時代之間，機器文明誕生了。這項變遷比基督降誕的影響還鉅大，使礦石變成銅鐵，使小農莊變成大規模生產的經濟農業，使人類改變他在大自然中的地位。

托爾金的文學創作即是路易斯這場演講主題的具體化。托爾金口中的「傳統西方」清晰可見，譬如他對於統治權的概念。《魔戒》裡的莫格斯，希望具有上帝的創造神力，以遂行至尊之戒的統治權能；並常以魔法、機械力或科技濫用權能。莫格斯和索倫並實驗以生物科技製造機械半獸人，並鼓勵使用機械。魔戒本身就是一個機械，由索倫運用科技製造而成。托爾金認為，相對於藝術，科技是邪惡魔術，而且精靈沒有統治慾望。路易斯的看法也相同，認為機械時代是科技專制，是現代形式的魔術，企圖統治並主宰大自然。這項觀點，清楚顯示於《那可怕的勢力》一書。

於就職演說中，路易斯以傳統西方和當代文化相比較，分界點在十九世紀初期。那是一種觀念和信仰的改變，導致社會和文化變遷。此外，路易斯並肯定前基督時期的異教徒思維，認為他們為基督降臨鋪陳道路：

基督信仰和異教崇拜有基本相通之處，與後基督教時期的思維迥然不同。異教與基督教的差別在於信仰不同的神，後基督教時期的人卻沒有信仰。後基督教時期的人不是異教徒，猶如一個婦人宣稱自己因離婚而重為處女；他們切斷與基督的聯繫，也切斷與異教的聯繫。

許多劍橋人不贊同這場演講內容，也不喜歡這位新教授。他們認定路易斯的演講內容是企圖重建已崩潰基督王國，並立即展開反擊。一九五五年二月，一巨冊論文集出版，執筆者有十二人，分別來自不同學術領域，砲口一致，朝向新到任的英國文學講座教授。編輯在序言裡指出，作者都同意：「自由思考的重要性，以及人類求知的本能。這些價值不僅存在於大學裡，也應存在於任何一個自稱是文明的團體。」作者之一小說家佛斯特（*E.M. Foster*）為文指出，宗教大軍壓境，人本主義遭受威脅，「歷史以及文藝復興時期揭櫫的人本主義，竟被宣稱不曾存在。」路易斯記已吹起宗教號角，他擔心人本主義的高牆將倒下。這種對於人本主義與啟蒙運動的反制，使當代主義者憂心忡忡。其後，著名的宣道家比利．葛拉翰經由劍橋團契的安排，前來劍橋訪問，並與路易斯見面懇談，兩人相談甚歡。

這場演講之後，路易斯相對較低調，潛心文學研究，以較間接的方式表達他的信仰。

路易斯獲得期盼以久的講座教席，使他與托爾金之間的友誼達臻濃郁的最高點。然而，路易斯與喬伊．戴薇曼的交往，卻使這友誼遭破壞。路易斯和戴薇曼經過長時間通信後，於一九五二年首次見面，這時她與丈夫已分居，離婚似將成定局。路易斯自摩爾夫人於一九五一年病逝後，已完全是自由人。由於托爾金與路易斯對離婚的神學解釋歧異甚大，托爾金很不贊同他們倆人交往。

路易斯對婚姻的看法，在戰時的廣播節目中已經有所論述，喬伊．戴薇曼在她的著作《寶山十誡》（*Smoke on the Mountain*）討論第七誡通姦的章節裡，引用路易斯的字句：「如果人們不相信永久的婚姻。那麼，他們可以選擇同居而不結婚，或結婚的時候不要誓言長相廝守。就基督教觀點而言，不結婚而同居犯了姦淫罪。但是，錯誤不能經由再犯一個錯誤而矯正，不貞不能因為假誓言而消除。」戴薇曼並引用其他相關段落：「或許比較聰明的方法是，聽憑兩種不同形式的婚姻存在：一種是由國家訂定法律管理，所有國民都必須遵從」另一種是由教會訂定律令管理，教友們必須遵從。」法律與道德之間的歧異，即是兩者的主要區別。

托金曾寫了一封長信，駁斥路易斯的觀點。這封信並沒有寄出，但兩位好朋友顯然曾為這議題辯論，因此路易斯照顧並且娶一個離婚婦人時，已清楚知悉托爾金的立場。所以，路易斯並沒有將他和戴薇曼交往以及結婚的事告知托爾金。即便路易斯只舉行政府註冊式婚禮，托爾金也不贊同：

基督教道德教條並非只對基督徒有效，它的基礎在於那是「人類機器」運轉的正確方法。你的論述將它縮減至少數選民增添的人生旅程。基督徒容忍離婚，就是容忍人類的腐化。

對於一個羅馬天主教徒和一個聖公會新教徒而言，紛爭不僅只這點。在吉光片羽社聚會時，他們也曾針對火葬激辯。托爾金認為，身體於死亡後仍然是靈魂神聖的宮殿，必須慎重埋葬。路易斯則認為，死亡後靈魂脫離肉體，火葬能加速屍體滅失，因此不反對。

兩人關係最低潮的時候，托爾金曾罵路易斯的行為是「北愛爾蘭衝動」。或許這只是醉後亂語，而且不是當著路易斯的面，也沒有見諸文字。基本上，托爾金不會刻意著墨路易斯的北愛爾蘭新教徒背景。路易斯死後，托爾金為文悼念，文章名為《懺悔》：

路易斯並非經由一道新的門重返基督懷抱，而是經由舊的門。至少，他心中的榮耀之國，自他孩提時代即深植心中。他再度成為北愛爾蘭新教徒，但他不是住民，而是學習者，具有上天賜與的想像力和邏輯觀念。最重要的，他已耐心和自我犧牲，英雄式地蒙受神的召喚而信——他認知了他自己。

托爾金似乎沒有明確表達好友的真正想法。路易斯最恨人把《浪子回頭》書中的「新教國度」類比北愛爾蘭鄉土，對他而言，納尼亞王國才是真正的北愛爾蘭。

喬伊．戴薇曼是多項文藝獎得主的詩人和小說家，並於一九五五年出版《寶山十誡》（*Swoke on the Mountain*），討論十誡的意義。戴薇曼個頭袖珍，一雙棕色眼瞳，清澈閃動，烏黑短髮不過肩，揉合成豐富風情。對她而言，理想勝於現實享受。她曾在大蕭條期間，親眼目睹一個年輕婦人因飢寒交迫跳樓身亡，喚起她的政治覺醒，毅然加入共產黨。她是個猶太人，但從小在紐約聖公會教徒家庭中長大。當時她的宇宙觀是：「生命只是電子和化學反應。愛情、藝術和利他主義都只是性。宇宙只是物質，物質只是能量。還有，我差點忘了說，能量是唯一的。」

戴薇曼和一個非猶太裔作家比爾．葛萊遜（*Bill Gresham*）結婚。比爾曾在西班牙內戰中對抗佛朗哥，這是他的二度婚姻。婚後，戴薇曼於一九四四和一九四五年連續生了兩個兒子，大衛和道格拉斯。但她發現自己除了必須善盡母親職責，還必須忍受丈夫的酒癮和偷腥。喬伊最後由馬克思信徒轉變為基督信徒，閱讀路易斯作品是主要原因之一。然而，臨門一腳則是她於一九四六年春天的聖像體驗：

那是無限的，唯一的，無法形諸文字，無法比較。人能用一個杯子舀盡海水嗎？知道上帝的人必能瞭解我的話語：其他的人，不願意聽也無法了解。有一個祂突然現身，與我同在一個房間裡。祂是如此真實，使我珍貴的生命猶如皮影戲。而後我覺得生命充滿，猶如自熟睡中清醒。如此充實的生命無法長久待在血和肉中，我們必須經常沐浴生命於水中，如稀釋於時間、空間和物質。我對上帝的知覺持續了或許半分鐘。

路易斯和喬伊的交往初開始時是智性的。一九五〇年十月十日，路易斯在大批讀者來信中，發現一封非常特別的信，那是當年三十四歲的喬伊寫來的，此後他們經常書信往來。一九五二年秋天，戴薇曼帶著她兩個兒子來到英格蘭，首次與五十出頭的路易斯見面。第二次在瑪格大倫學院見面時，華倫也在場，兩兄弟都對她留下好印象。華倫尤其欣賞她旁若無人的紐約人風格。他在當天的日記記載，當時在場有四個大男人，她突然對著他問：「在這個和尚廟裡，有讓女性如廁的地方嗎？」

喬伊返回紐約後不久，與比爾辦妥離婚，隨即帶著兩個兒子來倫敦居住，然後遷至牛津，離路易斯不遠。他們隨即密切交往，幾乎天天碰面。路易斯說：「她的思維縝密，又如美洲豹般敏捷矯健，且不受熱情、溫柔和痛苦的影響；猶如一股清鮮馨香，不知覺間已然陶醉。」兩人於一九五六年四月二十三日，在政府註冊處登記結婚，主要目的在於使她取得英國國籍。

在這個階段，他的理性似乎當局者迷，但朋友們卻旁觀者清。托爾金對註冊結婚一事毫無所悉。一九五六年秋天，喬伊被診斷出罹染癌症，且無法治療。消息來得太突然，路易斯大為震撼。喬伊兩個兒子的年齡，與路易斯兄弟喪母時的年紀相若，更令他傷情。面對迎戰死神的妻子，路易斯對她的愛戀更加深濃。一九五七年三月二十一日，路易斯與戴薇曼在病房內舉行基督教結婚典禮，然後，帶著她和她的兩個兒子返回窯廬等死。

托爾金對基督教婚禮之事仍然毫無所悉。就在婚禮舉行當天，他寫信給戴薇曼的友人凱撒琳，表示哈佛醫生暗示他，喬伊已深深吸引「可憐的傑克・路易斯」。路易斯忙於照顧喬伊，又必須兼顧劍橋教學工作，很少與托爾金見面，即便見面，只談學術和學問，不曾論及私生活。而且，托爾金在這段期間已不再參加吉光片羽社在「鷹與嬰」的聚會。

路易斯夫婦的禱告獲得回應，喬伊奇蹟似地康復，她被疾病入侵的骨頭，經醫師認定藥石罔效，竟然癒合。到了一九五七年七月，戴薇曼已經能夠下床，甚至外出散步。路易斯輕鬆許多，每天至劍橋授課，兩個孩子則送往寄宿學校就讀。喬伊的康復是路易斯夫婦甜蜜婚姻生活的開端。路易斯在寫給吉光片羽社好友柯希的信中說：「我在六十歲時，找到二十歲時錯失的幸福。」次年，兩人前往愛爾蘭渡假兩星期。

華倫認為，這樁婚姻「滿足了傑克的內有天性，潤澤他之前無奈的空虛。」路易斯也認為，之前他一直是單身漢，上帝是他愛戀的替代：「那些日子，喬伊和我享受愛的饗宴。」他在《卿卿如晤》回憶：「體驗愛的每一種形式——敬肅和快樂，浪漫和真實，有時像戲劇化的暴雷雨，有時像穿著拖鞋一樣舒服。」這本書是路易斯以日記體剖析愛妻亡故後他心痛欲裂的歷程。

一九六〇年春天，路易斯夫婦攜手同遊嚮往已久的希臘，遂償兩人多年心願，另有一對夫婦陪同旅行。返回英國，喬伊的癌症旋即復發，再度送進醫院。艾迪絲也因為關節炎住進同一家醫院，托爾金探視妻子時，方始第一次見到喬伊．路易斯。喬伊於五月二十日進行手術，醫師束手無策，再度被送回窯廬等後大限到來。她於一九六〇年七月十三日撒手離世，距甜蜜希臘之旅僅兩個月。

艾迪絲和喬伊熟識後，或多或少紓解托爾金與路易斯的緊張關係。路易斯結婚以後，甚少與托爾金見面。事實上，他和喬伊的婚姻確實造成好友的心結。艾迪絲很難融入托爾金的學院活動，路易斯也不喜歡去托爾金家打擾，他們會面的地點多在研究室或餐廳或酒吧。艾迪絲結識喬伊後，對路易斯似有新觀感，進而影響托爾金，嗣後稱他們的結合為「奇怪的婚姻」。兩位好朋友從未恢復昔日的親密，直至路易斯過世前，兩人甚少見面。

路易斯《那可怕的勢力》受到查理斯．威廉斯的影響，於一九五六年出版的《裸顏》則受到妻子喬伊的影響。她本身是個小說好手，曾出版《安亞》（*Anya*）以及《哭泣的海岸》（*Weeping Bay*）。《裸顏》以女性觀點敘事，顯然路易斯曾仔細體察妻子的心境。書中主角歐露和喬伊一樣，透過聖象顯現徹底改變她對世界的看法。乍讀這本書，幾乎難以認出這是路易斯的作品，繼續翻閱，將發覺與他之前的風格相符合。這本書的時空背景是托爾金和路易斯兩人擅長的前基督時期，並探討古代神話裡的基督故事。

《裸顏》重述希臘神話〔丘比特與賽姬〕的愛情故事。在古典神話裡，賽姬（靈魂的化身）是個大美女，令維納斯非常嫉妒。於是，維納斯派遣丘比特化身為一個醜怪物，使賽姬愛上它，然而，丘比特卻愛上了賽姬。醜怪物將賽姬藏在一個秘密地方，只於夜裡來見面，並禁止賽姬看他的臉。賽姬的姊姊嫉妒妹妹，告訴她，她的丈夫是個醜怪物，有天將吞食她。於是有天晚上，賽姬拿一盞燈偷看丈夫的臉，一滴燈油落在熟睡丘比特的臉上，他驚醒起來，生氣地離開賽姬遠去。賽姬天涯海角尋找愛人，維納斯設計許多不可能完成的工作考驗她，她逐一完成，但最後一項，她基於好奇心打開一個冥府一個致人於死的盒子，沒有通過考驗。幾經轉折，最後賽姬終於和丘比特結婚。

路易斯的《裸顏》基本上承襲古典神話的情節，但改以賽姬姊姊歐露的觀點來敘述故事。賽姬無與倫比的美，與歐露的醜陋成為強烈的對比。歐露後來以面紗遮著住她的臉。歐露在眾神面前為自己的行為辯護，宣稱自己如此做，是出於對妹妹的愛，而非嫉妒。

在希臘北方，有個地方叫葛洛米（*Glome*），當地人崇拜維納斯的變身翁吉特（*Ungit*）。葛洛米歷經乾旱和各種災難，於是人們將純潔的賽姬獻祭予山神。經過一段時間，歐露由一位國王的侍衛陪同，前來山頂尋找妹妹賽姬的骨骸。他們遍尋不著，但是不氣餒，繼續前行，來到上帝蔭庇的美麗谷地。賽姬好端端活在此地，只裹著毯子，她誓言將嫁給未曾見過真面目的山神。歐露擔心山神是個怪物，勸說妹妹趁它熟睡時引光照它。

接著的情節和古典神話一致，賽姬因她的行為受懲罰，流浪各地，飽受折磨。歐露陷妹妹於苦境，深切自責傷悲，再加上思念，常在夢境裡聽見妹妹的哭泣。歐露紀錄下自己慘痛的身心折磨，突然，她領悟自己因佔有慾太強，毒害了他對妹妹的愛。

賽姬公主為了拯救葛洛米城子民，願意犧牲就死。路易斯在一封致友人信中說明：這即是基督精神，異教崇拜指引賽姬，使她超越異教崇拜的束縛，但仍然受到她自己想像和當時文化限制。路易斯指出，賽姬和基督類似，但並非象徵基督。她和所有好人一樣，因本性的良善，而與基督相似。

這故事的精義，即賽姬是遠古時代的基督精神。只有賽姬能瞥見上帝無與倫比的美，並奉獻犧牲於祂。另一個特色即是賽姬和歐露分別代表想像和理性，兩相衝突，最後，兩人融合為一，表示想像與理性，心與靈魂的合一終能達成，即是基督信仰。這個故事探討異教神話的限制和可能性，導引出嗣後神話與福音書的結合。《裸顏》彰顯了路易斯與托爾金對於想像和神話的相同觀點，諷刺的是，這本書寫成於兩人關係最冷淡的時段。

一九五〇年代，托爾金繼續在牛津大學教授中世紀英國中西部文學。一九五三年四月十五日，他在葛拉斯勾大學（*University of Glasgow*）發表《葛溫爵士和綠武士》演講。同年十二月，英國國家廣播公司播出托爾金改編的《葛溫爵士和綠武士》廣播劇。一九五五年，他的詩作《熒倫》（*Imram*）刊載於報紙上，這是《糯軒俱樂部檔案》的一部份，詩篇裡提及「無邊山脈標示沉沒的土地，神秘的島嶼上獨一棵白樹，美麗的星辰引領通向世外的舊路。」這篇詩充分說明托爾金仍期盼能將打入冷宮多年的《精靈寶鑽》介紹給讀者。

一九五九年，托爾金自牛津大學退休，展開新的人生階段，時年六十七歲。托爾金就任莫頓講座教授時，並沒有發表演說，但他於一九五九年六月九日發表告別演說。他指出：「語言是文化的基礎。」「我出生於南非，骨子裡反對黑白種族隔離政策；但我最厭惡的，則是分離語言和文學的政策。」

之前，即一九五三年，托爾金遷居至鄰近一個較小的房子，一方面因為艾迪絲的關節炎越來越難以負荷爬樓梯，一方面因為四個兒女都已外出求學，無須大房屋。小女兒璞麗希拉後來成為假釋官。

退休之後，托爾金沒有研究室可以置放書籍，於是將車庫改為書房兼辦公室。數年後，由於托爾金的小說逐漸獲得讀者重視，泰晤士報週日版（*The Sunday Times*）派記者飛利浦．諾曼（*Philip Norman*）前往採訪當紅作家。諾曼說，那屋子只有三間房，看起來像牧師宿舍，地點就在牛津足球場旁，遇到比賽日，鄰近街道擠滿人潮。他在訪問稿裡記述：「車庫改裝的書房堆滿書籍，以及古怪的灰塵味道。」書房裡有一個新時鐘和一件舊旅行包，幾乎被報紙埋葬了。托爾金說，那旅行包是他的監護人摩根神父給的，保留至今是因為那裡面「裝滿我多年來一直想解答的事物，但我已遺忘那些事物究竟是什麼。」窗邊掛著一張大地圖，正是托爾金親手繪製的中土世界地圖，清楚標示兩個哈比人比爾博和佛羅多冒險的路徑。

喬治．賽亞偶爾造訪牛津，有一次他正要與路易斯散步時，托爾金遞給他《精靈寶鑽》的手寫稿。賽亞與路易斯在一家小餐館裡展讀。路易斯讚嘆：「天啊！他發明了三種語言來完成書中的對話。他一定是全牛津最聰明的人。我們不能留著這手稿，你快拿回去還給他，我留下來再喝一杯。」

Chapter Eleven

告別影子大地

（1963～1973）

靈柩由聖三教堂緩緩抬出，這是個肅穆的日子，風止樹靜，棺木上蠟燭燃燒，但卻似是文風不動。路易斯於一九六三年十一月二十二日悄然過世，就在同一天，美國總統甘迺迪遭刺殺。

抬棺人行列後頭，跟隨著腳步沉重的親友。路易斯十八歲的繼子道格拉斯在最前，他是唯一參加葬禮的死者親屬。送葬的友人有摩爾夫人的女兒莫玲和她的丈夫、白髮蒼蒼的托爾金和他的兒子克里斯多弗，彼得・畢德則是違反主教訓令為路易斯和喬伊舉行婚禮的教士，還有哈佛醫生、巴菲德等吉光片羽社的好朋友都來了。尚有牛津和劍橋的同事、學生。長長隊伍陪路易斯走完最後一程。

華倫並沒有在送葬親友的行列中，他在距教堂不遠的窯爐裡借酒澆愁，無法面對弟弟先他而去的哀痛，痛似兒時喪母之痛，然而此時此刻他已喪失孩子對生命的赤忱。華倫堅持不對外發布路易斯葬禮的時間地點，但消息仍傳遍學術界和藝文界。

棺木被放進教堂墓園的土穴裡，頂上的蠟燭兀自堅定燃燒，那火焰刺痛托爾金的心。稍早，他已經在鄰近的天主堂為亡友獻上彌撒，以表達對好友的感念。托爾金已是一個七十幾歲的老人，自覺生命已屆臨終點，猶如週遭枝葉禿零的冬樹。他最痛心的莫過於近十年來他很少和躺在四塊薄板之中的朋友交談，而現在，即使他願意說幾句心裡的話，老朋友也不會應答了。

回想數週前，托爾金和兒子約翰前往窯廬探望路易斯。路易斯雖然身體虛弱，看見老友前來，仍熱情地在起居室接待，興奮談著十五世紀的英國文學作品《亞瑟王之死》，提到他最近看的小說《危險關係》：「嘩！多棒的一本書。」即使在病中，路易斯仍然沒有改變手不釋卷的習慣。

朋友們趨前向道格拉斯致悼慰。他從孩童時代由路易斯認養為繼子，一路拉拔長大，如今已是挺拔的青年。托爾金想起去年聖誕節，路易斯寫給他的信：「我的歷史哲學全涵蓋於你說過的那句話『偉大的行為，將亙古永存。』」這是《魔戒》裡的辭句，許久之前他曾朗讀給路易斯聽：「悲情籠罩，星月無光。但偉大的戰士、偉大的行為，將亙古永存。」托爾金心頭泛起暖意，好朋友在生命將消失之前給予肯定。

路易斯過世肇因於數種老人病，心臟衰弱、攝護腺、骨頭酸痛，而且，他並未積極求醫問診。他不曾喊痛，他認為自己正經歷喬伊生前承受的痛苦，猶如查理斯·威廉斯揭櫫的「替代之愛」，即基督為我們受難，我們彼此擔負重擔。路易斯最大的安慰是華倫回到窯廬陪他渡過最後日子。之前，華倫待在愛爾蘭數個月，整日沉迷酒鄉。

臨終之前，路易斯努力於他最後一本著作《飛鴻22帖——路易斯論禱告》的校訂工作。這本書於一九六四年元月二十三日出版，屬於通俗神學，與《返璞歸真》、《痛苦的奧祕》、《神蹟》、《詩篇擷思》等書一樣，至今仍然廣受歡迎。

《飛鴻22帖——路易斯論禱告》與路易斯先前著作不同之處，在於使用隱喻手法。瑪孔是一個虛擬人物，路易斯寫信給他，探討禱告、煉獄、天國等問題，詳細闡釋觀念和理論。這些問題，路易斯在先前的著作裡並沒有詳細著墨。讀者或許對這種寫作方式迷惘，但是書中內容與他先前的著作並沒有矛盾且相牽連。路易斯在書中認為，天堂是俗人經驗獲得滿足的地方：「現在，我能向你述說孩提時代的原野，那原野現已消失，佈滿建築物，而且我無法以言詞詳細描繪。或許有一天，我能帶你遨遊其間——歷經千萬億年的沉寂和黑暗之後，雀鳥鳴叫，清流淙淙，光和影掠過山丘，於是看見我們的朋友在上頭微笑，面容模糊。」

虛構的瑪孔，是路易斯在牛津唸大學時的朋友，共收到路易斯二十一封信，討論禱告、天國、復活等問題。雖然二十一封信都是路易斯單方寫的，我們仍然可以據此拼湊出瑪孔的觀念圖像。有些評論者認為，路易斯的神學論述缺少經驗深度，《飛鴻22帖——路易斯論禱告》則是路易斯最有經驗內涵的著作，且作者以高超寫作技巧展現其內涵。路易斯自相信有神論以後，即相信超自然真實的存在。因此，一個可憐憫的禱告者於時間系列中所做的禱告，可以達到時間系列之外的上帝。如果上帝應允，祂有能力改變事實，以應答向祂禱告的子民。事實上，路易斯於喬伊第一次瀕死之際，曾祈禱上帝安慰她的痛苦，上帝那時應允。路易斯認為，喬伊三年未受骨癌之苦，即是上帝的恩典。

路易斯認為，禱告者必須了解自己與上帝之間的關係：

禱告之時，自我呈現，並知覺或覺悟：真實世界和真實自我遠在俗世之外。在肉身內的我，不能離開這個舞台、隱藏於幕後，或坐進觀眾席裡。但我知道在我小走或英雄的表向我之外，另有一個舞台外的真實自我，受祂油膏潤澤。演員無法步下舞台，除非有一個真實但不明的我存在，且我不可能錯認那想像的真我。禱告時，真實的我試圖發聲，但不是向其他演員，而是向祂——該如何稱呼祂呢？祂是編劇，創造每一個角色；祂是製作人，掌控全局，祂也是觀眾，仔細聽看我們的演出，據以審判。

瑪孔持續和路易斯聯絡多年，我們從信的內容得知，瑪孔有妻貝蒂，一個兒子喬治。路易斯和瑪孔虛擬的友誼，類似真實生活中他與亞瑟·葛李弗、歐文·巴菲德以及托爾金之間的情誼，但瑪孔並不是他們其中之一的化身。若干跡象顯示，信函裡部分對話內容，與吉光片羽社的討論相類似。路易斯過世後兩個月，《飛鴻22帖——路易斯論禱告》即出版，托爾金立刻買一本來看，讀得津津有味。已過世的好朋友，仍然以庶民神學家的姿態向他挑戰，並激怒他。托爾金寫給朋友的信裡說：「我認為這本書相當失敗，而且恐怖。」他著手為這本書寫評論，同時決定只寫、不發表。

美國學者克萊德．基畢（*Clyde S. Kilby*）是路易斯和托爾金的共同朋友，他編纂路易斯語錄時，曾請托爾金校訂。基畢於一九六六年前來牛津，協助托爾金整理《精靈寶鑽》草稿。托爾金說：「這本語錄，使我重溫散見於路易斯作品裡的精闢觀點，雖然這些觀點有時顯得鬆散。」托爾金也曾寫信給基畢，提及他閱讀《給某美國女士的一封信》這本書的心得。這是路易斯的信函選集。他說：「我很難相傑克已經不在了，雖然他已過世四年。」

托爾金於這段期間，寫就他生前最後一本出版的小說《史密斯頭目》，於一九六七年問世。這篇小說闡揚他在《論奇幻文學》中的理論，解析奇幻世界和初民世界之間的關係。故事簡單易懂，孩童也能樂在其中，但它不是兒童文學。托爾金說：「這是一本老人寫的書，等同於死前的預言。」如同故事裡的主角史密斯希望拋棄精靈之星，托爾金希望自己的想像力消失，是開始自我懷疑的時候了。吉光片羽社的好友葛林說：「這本書認為，探尋真意，即是切開皮球、找尋它彈跳的原因。」

《史密斯頭目》的故事場景設定於中世紀，可以自由進出精靈世界。故事裡，精靈國王亞夫裝扮成麵包師傅諾克斯的學徒。諾克斯對於奇幻世界毫無概念，他為孩子們做的蛋糕上頭，裝飾著一個奇幻女王洋娃娃，激發孩子們無窮想像空間。諾克斯發現一顆有魔法的精靈之星，將它放進蛋糕裡，被小男孩史密斯吃進肚子裡。這個村莊裡的長者只關心吃喝，並懷疑村裡有一個小孩來自神秘世界。精靈之星後來長在史密斯的額頭上，他長大後成為一個大師，能用堅硬的鐵片做成栩栩如生的樹葉或花朵。這似乎是隱喻托爾金自己，能編織花葉繁茂的奇幻故事。

猶如托爾金的《小小葉》，主角瞥見另個世界，將所見轉換成藝術作品或俗世事物中，使其具有精靈或精神上的特質。史密斯以新的觀點，將鄉村事物化為藝術作品；托爾金遙指山窮水盡之外另有世外桃源。

就在托爾金開始自我懷疑之時，約在路易斯過世之後，《魔戒》像洪水般橫掃全世界，但托爾金僅不明確地聽說這檔事。一九六五年，一家名叫*Ace Books*①的美國出版公司鑽法律漏洞，率先出版未經作者授權的《魔戒》，緊接著，作者正式授權的《魔戒》由另一家公司*Houghton Mifflin*出版，充分顯示出版界的不正義特性。於是，托爾金聽聞美國大學生風靡於他的奇幻世界，托爾金的大名紅遍全世界。甚至有人說，托爾金是精靈的化身。《魔戒》在一九六〇年代進入人們的意識中。《魔戒》銷售暢旺，托爾金的版稅收入滾滾而來，當然，還有如雪片般的讀者來函。托爾金不得不僱用一名計時秘書，陪他在車庫改造的書房裡寫回信。一九六六年，托爾金夫婦歡慶金婚，慶宴上由樂團吟唱《哈比人》和《魔戒》裡的詩歌，主唱者為歌劇演員威廉・艾爾文（*William Elvin*），他的姓正好和矮人拼法相同。托爾金高興地說：「這名字是個吉兆。」

於是，托爾金終於不再懷疑自己的作品，致力於《精靈寶鑽》定稿工作。這本書是他畢生心血結晶，不信心血盡成灰！

已是一九六八年，艾迪絲將屆八十歲，托爾金七十六歲。艾迪絲長年為關節炎所苦，居家生活很不方便，他們決定遷往較舒適的環境，並遠離書迷們的打擾。最後，他們選擇南方海岸邊博恩矛斯（*Bournemouth*），這是一個非常適合養老的地方，夫婦倆曾來此處渡假，艾迪絲認為，這裡的居民比牛津區和善好相處。運用豐富的版稅收入，他們購進一棟平房別墅，艾迪絲不必再爬樓梯，托爾金得以埋首於編修他多版本的《精靈寶鑽》故事。夫婦倆很快地適應單調而固定的生活，《精靈寶鑽》的一致性逐漸清晰，中土世界更井然有序。這時候，艾迪絲的健康情形突然惡化，送進醫院數日後即告過世，時為一九七一年十一月二十九日。

托爾金失去了艾迪絲、摯愛的露辛，再沒有理由留在博恩矛斯。牛津大學莫頓學院授與他榮譽教授資格，並分配一間房屋給他住。托爾金於一九七二年三月，高高興興遷入莫頓學院旁的屋子，此後兩年，他得以四處造訪朋友和兒女們，至外地渡假，並且在白金漢宮接受女王贈勳。最後，他前往博恩矛斯拜訪舊日鄰居時，因胃潰瘍大量出血，導致腹腔感染，四天後過世，時為一九七三年九月二日主日。

托爾金晚年已成為全球知名人物，他對此有些困惑和困擾，但仍然勤於回覆讀者來信，為讀者解說《魔戒》的細節，因為這與《精靈寶鑽》密切相關。高知名度也帶來若干樂趣，一九六五年，牛津大學舉辦一場演講，由詩學教授羅伯·葛瑞維斯（*Robert Graves*）主講，好萊塢明星愛娃·嘉娜（*Ava Gardner*）也前來聽講。托爾金對演講本身評價糟透了（寫給兒子麥可信裡提到，這是他聽過最糟糕的演講。），但有件事還挺有趣的，托爾金不識大名鼎鼎的好萊塢巨星，愛娃同樣不識托爾金的名號。他們同時由群眾中起立時，鎂光燈全都對準愛娃·嘉娜。到了今天，知道托爾金的人愈來愈多，又有幾個人知道半世紀前紅透半邊天的大美女！

路易斯和托爾金過世之後，他們的讀者群持續穩定增加。進入二十一世紀，兩人的知名度更擴散至全世界。兩位好朋友的相似處遠多於相異處，他們的小說和學術研究，都成為對抗現代主義的中流砥柱。他們稟承浪漫主義傳統，創造自己的風格。他們反對啟蒙運動，抗拒機器時代。他們秉持基督信仰，創作小說，成就學術，為千千萬萬不同信仰和膚色的讀者熱情擁抱。

①由*A.A. Wyn*創立於一九五三年，號稱為美國歷史最長的現役科幻小說專門店，現今隸屬於*Penguin Group(USA) Inc.*。

Chapter Twelve

友誼的蜜果

Chapter Twelve

第十二章　友誼的蜜果

托爾金與路易斯之間的友誼，起始於托爾金於一九二五年，自里茲大學轉往牛津大學任教，終止於一九六三年十一月路易斯過世。將近四十年的交情，隨著各自的際遇和人事變化，呈現濃情的高峰和水淡的谷底。於路易斯在一九五〇年代結識喬伊後，兩位好朋友的情誼明顯轉淡。此外，路易斯成為一個基督信仰大眾神學家的角色，也不能為托爾金認同。這與宗教信仰無關，因為托爾金也是虔誠的基督徒，只是他不贊同路易斯的方法和角色。

吉光片羽社是兩人友誼滋長的園地。這個讀書會型態的社團，也改變了他們的創作生命。聚會時，會員們各自朗誦自己的作品，達十六年之久，直至一九四九年終於畫下句點。托爾金的《魔戒》和《哈比人》，以及其他詩作，都曾在聚會時朗讀。路易斯的科幻小說、《夢幻巴士》、《痛苦的奧祕》，以及詩作和論文，也都先在聚會時發表。聚會時間之外，他們也找出時間互相朗讀自己的心血結晶。譬如，一九四九年，路易斯曾向托爾金朗讀《獅子．女巫．魔衣櫥》，但托爾金不喜歡納尼亞故事，似乎因此作罷。

吉光片羽社是一個小型讀書會，成員包括教授、醫生、神職人員等，在香菸繚繞的「鷹與嬰」或路易斯的研究室聚會。兩人還沒有成名之前，吉光片羽社是他們討論文學觀、人生觀、相互激盪成長的社團。其中最重要的是宗教信仰。路易斯原本是個無神論，托爾金幫助他找到上帝。托爾金施展說服力，向路易斯說明，閱讀福音書必須同時運用想像和智性。路易斯將這個觀念發揚光大，成為宣教人和小說家，著作和創作與日俱增，在神學理論和基督文學都創造輝煌成就。然而，托爾金終究未能使路易斯加入他心目中唯一的正統教會——羅馬天主教。

托爾金認為，神話與前信史時代的連結關鍵為語言，因此，神話可以說是神學故事或神學語言。路易斯深受這個觀念影響。托爾金構作一套複雜的見解，闡釋神話與真實的關係，以及語言與真實的關係。他認為，神話和語言都是人類想像的運作，具有內在相關。他並且認為，福音書是上帝創造的故事，也是上帝創造的真實歷史。福音書作者以及後來的基督文學作者，都有被上主充滿的喜悅。這些觀念都成為路易斯的中心思維。

托爾金影響於路易斯的另一個重要觀念，是文學的「潛創造」概念。他認為，藝術的最高表現在於創造和諧一致的次世界，以窺見完美的初民世界。奇幻文學的重點不是其中的奇幻事物，而是呈現一個有時間系列和地理格局的另個世界。次世界可以用多種形式表現，而小說最合適。想像世界的寓言特性，修飾並深化我們的真實經驗，引導我們的靈。路易斯的納尼亞王國就是這個觀念的產物。

此外，托爾金認為，小說是精神層次、甚至神秘性的，故事本身之外另有真實。托爾金說：「所有的小說情節終將成真。」，因為人與神相連結。路易斯撰寫《魔法師的外甥》時，覺得自己的母親、甚至每個人的母親，都將復活，具有精神及肉體的實質存在。

路易斯對托爾金的影響則是另一種方式，托爾金說：「我得之於路易斯的，並不是一般人理解的『影響』，而是鼓舞。長期以來，他是我唯一的聽眾。他使我相信，我的『雜碎材料』大有可為。如果沒有他的高度興趣和熱忱，《魔戒》不可能完成。」

路易斯的《四種愛》詳細闡釋他與托爾金之間友誼的性質。路易斯認為，四種愛分別是男女之愛、朋友之誼、博愛（泛愛眾）、神之愛。明確區分四種愛彼此的差異極為重要，雖然它們彼此間常呈現相互混合的情形，譬如，男女之間的友誼發展成愛情，或愛情深化為自我犧牲之愛。路易斯認為，友情的特質在於分享。

路易斯指出，友愛是直覺的，生理的，以及必要的。現代人認為友愛不是愛，因此路易斯希望深化友愛的觀念。古代人對友愛給予極高的價值肯定，如聖經裡大衛與約拿單之間的情誼。最理想的友誼搖籃是數人有一個共同興趣。愛侶希望面對面，相看兩不厭；朋友則是肩並肩，看著同一個目標。友情雖然有生物性，但與同性愛及異性愛迥然不同。路易斯推論，友情使好人更好，壞人更壞。

托爾金贊同路易斯對友情的解釋，尤其牛津大學幾近純男性的社會，更加強他的論證。但托爾金友誼的廣度不如路易斯，他畢竟有自己的家庭，不像路易斯長期是個單身漢。托爾金的人際關係較豐富，他必須疼愛妻子，照顧四個兒女。兩個好朋友的共同信念是基督信仰，以及想像投射；後者使兩人的友誼於路易斯仍是無神論者時，仍然得以萌芽。

兩位好朋友分享許多共同信念，其中最重要的是對於想像的觀念。他們認為，想像是我們體會真實的方式之一，這真實可以是山是水是人，即週遭世界。托爾金和路易斯都是作家，以象徵或神話方式體驗真實。

他們認為，寫作的目的是創造意義，而非描述事實，是反思偉大造物者以及祂創造的宇宙和人類。自然事物和人並非單獨存在的實體，其意義產生於他們與其他事或物或人相互的關係，終於導引至他們與上帝的關係。他們源自於單一創造，因而被充滿並賦予意義。托爾金和路易斯都認為，想像與思考同等重要，且彼此互補；沒有想像的思考，或沒有思考的想像，都是欠缺。

托爾金和路易斯都有創作奇幻小說的強烈慾望。路易斯在一封信裡說：

想像力澎湃時的我，比起本尊的我，或宗教作家的我，或文藝評論家的我，更老成，更勇猛，更能持久。那想像之我，使我想成為一個詩人，使我對於別人的詩作有感應，化為正面或反面的評論。想像的我，使我在信仰基督後，能將宗教信仰以象徵或神話的形式具體化，成為科幻小說和隱喻故事。想像的我，促使我寫作《納尼亞》系列，無須考慮孩子們喜歡哪一種故事，因為奇幻故事是表達我心中意念最好的方式。

同樣地，托爾金也曾在他的詩篇裡讚頌傳說的傳唱人。他認為，吟唱詩人陳述信史以前事實的方法，令人激賞。即便他們處理死亡和不可避免的失敗，仍然滿懷希望。他們以激昂的歌聲歌頌勝利，以鼓舞聽眾。他們在過去與現在的黑暗中看見光明，彰顯光明。

兩位好朋友也熱烈擁抱「另個世界」。偉大的藝術作品，引領我們走出自我設限的牢籠，呈現造物者的神奇，幫助我們來到祂面前。祂是創造者，創造我們以及一切。好的奇幻文學作品是每一個人前往桃花源的導引。路易斯說：「建構似假還真且生動的另個世界，你心裡必須先存有一個真實的另個世界。」桃花源存在於精神層次領域。

路易斯和托爾金都希望他們的作品具備喜樂特質。路易斯認為，對於喜樂的渴望衍生豐富的想像力。托爾金在他的論文《論奇幻文學》裡指出，喜樂是奇幻故事的關鍵要素，能慰藉我們的心靈，導生圓滿結果。文學裡的喜樂源自故事外另個世界完美的到臨：「奇幻故事拒絕承認宇宙的最後結局將以失敗收場，使讀者瞥見柳暗花明桃花源的存在，因而喜樂滿溢。喜樂和悲哀同樣是極激烈的情緒。」他並且指出：「奇幻故事情節出現轉折時，我們產生喜樂，產生期待，滿心熱望超越故事框架之外的事發生。」

托爾金在這篇論文裡進一步討論喜樂與福音書的關係。他認為，福音書是敘述另個世界的奇幻故事，也是真實的歷史。福音書的雙重特性，增添其喜樂特質，更加證明敘述的真實性。

路易斯則積極探討渴望的本質。他對於信仰的追尋，以及他創作的追尋，都是基於同一熱望。路易斯認為，渴望是人類喜樂經驗的關鍵因素，也是作家創作奇幻故事的關鍵因素。桃花源是人類的慰藉，是渴望的滿足。想像世界或奇幻世界存在於科幻小說、詩歌、奇幻故事、小說、神話，甚至於一句話或一個詞彙中。他說：「喜樂是天國的嚴肅課題。」人們想像天國的存在，其喜樂是「每個靈魂的秘密印章。」。他認為，對天國的渴望是人性（未被滿足）的本質。

對托爾金而言，喜樂與故事情節的突然轉折相連，譬如危機突然化解，並且與未滿足的渴望有關。中土世界故事即是對西方極樂世界的渴望。這種渴望常以海洋的意象出現，海洋在中土世界西方，其中有蓬萊仙島。《魔戒》裡的精靈，也渴望大洋，以及大洋之外的樂土。

奇幻世界啟發赤子之心

兩位好朋友都反對當代主義作家探本究源的方式。他們認為，文學的新鮮感，來自對於上帝創造世界的覺醒，而非無中生有的創造。也就是說，我們應該保持赤子之心，對熟悉的事物不厭倦。閱讀奇幻故事時，成人也能恢復赤子之心，並重新體察現實世界。路易斯說：「孩子們不因為閱讀了魔法森林，而看不起真實世界的森林。相反地，他們會認為真實世界的森林具有魔法。」托爾金說：「喜歡閱讀奇幻故事，使我們恢復赤子之心。」基於同樣觀點，路易斯《那可怕的勢力》在封面上宣傳：「為成人寫的現代奇幻故事」。

然而，兩位好朋友也有若干相異之處。路易斯的藝術觀較庶民化，托爾金則偏向苦行主義，與他們結交朋友的態度相符合。基本上，路易斯傳承約翰・班揚的清教徒基本教義派，追溯至嚴苛道德主義的卡爾文。路易斯認為，卡爾文並沒有區分庶民信仰與神聖信仰、公眾信仰與私密信仰：

這種嚴苛道德主義並不表示，卡爾文的神學思想比天主教更偏向苦修。天主教區分現實生活與宗教生活，區分理想與誡命，卡爾文並不贊同。天主教大主教若望・費雪認為應該全盤抗拒肉身的愉悅；卡爾文則認為，完全的基督徒生活可以少許接納肉身愉悅，希望每一個人都實踐基督徒生活。

路易斯基於這種清教徒思維，反對區分現實生活與宗教生活，提倡「只有基督」式的基督徒生活。

路易斯筆下的上帝形象，較托爾金的更具體可見。《魔戒》裡，上帝從未顯現，祇能由故事脈絡裡體察神祇的寵賜，以及感於寵賜的膜拜。《精靈寶鑽》裡則有一個具體的神祇，祂是一切之父。主要原因是托爾金的故事時代，設定於前基督時期。路易斯的小說則以基督為中心（《裸顏》為唯一例外）。

對托爾金而言，藝術的精神力量，其精義與精靈概念緊密相連。精靈是奇幻小說的中心，也是極致的藝術創作。他認為，這種藝術的精神力量呈現於福音書。托爾金說：「上帝是天使的主子，人的主子，以及精靈的主子。傳說和歷史相交會互融合。」

因此，兩位好朋友觀念分享的核心，在於對幻想的宗教觀點，以及對於浪漫文學的宗教觀點。他們認為，浪漫文學是受另個世界的啟發，或對另個世界的掌握。他們自有一套浪漫主義神學，強調詩意想像。路易斯說，浪漫主義神學家一詞創自查理斯．威廉斯。路易斯說：

浪漫主義神學家，並不是以浪漫文學詮釋神學，而是以神學詮釋浪漫文學，解讀作品中的神學意義和宗教經驗。對於人類的愛以及想像作品的嚴肅且心蕩神馳的經驗，經由神學解釋，更能呈現其豐富的意義。這個觀念是威廉斯作品的基本原則。

威廉斯的中心概念是浪漫之愛；路易斯的中心思維是，浪漫期望與喜樂之間的關聯所呈現的宗教面向；托爾金則重視奇幻故事和神話的精神層次意義，尤其是潛創造。

奇幻文學不能被當成公民與道德課本，雖然我們可以從中領悟並學習；而且作品愈真實，其道德和宗教意義愈豐富。路易斯曾說，奇幻文學作者不能為了一些素材而出賣其出生權。路易斯在一篇評論《魔戒》的文章裡指出：「顯然地，我們看的是一本神話故事，而不是隱喻小說。書裡頭沒有特定的宗教、政治或心理方面的指涉。對每一個讀者而言，神話指向終極生活領域，彷彿是一把萬能鑰匙，能開啟任何一扇想開啟的門。」或許有人問：「已有真人真事小說擔負教誨功能，何必將奇幻文學設定正經八百的任務？」路易斯說：

奇幻文學作家想說明，人的真實生活具有神秘特質和英雄特質。托爾金的作品明確呈現這個觀點。寫實小說裡的人物各具性格，托爾金的作品裡只需區分為精靈、矮人或哈比人。想像出來的人物不但具有外觀，也有內在，有性靈。而人是一個整體，存在於宇宙之中，如果我們不能在奇幻小說裡看見他的英雄行徑，豈能認識整體的人，神話的價值在於，對於我們已認知的事物，去除其「熟悉的面紗」，還原其原本極豐富的意義。我們在神話裡擺設麵包、金色的馬和蘋果和直道，並非我們逃避真實，而是重新發現真實。

路易斯認為，友誼是「明亮的、平靜的、理性的自由選擇關係」，托爾金和他的友誼是自由選擇的結果。路易斯指出，友情不同於男女感情或性愛（與神經相連）；友情是（最沒有生物性）自然感情。那是一種人類之愛，無法與動物分享。友誼如同奇幻小說，給予人們一個優質立足點，重新體察這個世界。他發現自己與托爾金的友情，使他全然覺醒，放棄舊日的機械論迷夢。路易斯雖然還有其他朋友，但是，如果沒有《魔戒》作者的友誼，路易斯不可能成為如此具有影響力的思想家和作家。

對托爾金而言，與路易斯的友誼，喚起他少年時代巴洛社好友情誼的回憶，四人幫有兩人埋屍第一次世界大戰的法國戰場。路易斯的鼓舞，使他完成千餘頁的奇幻小說《魔戒》，在文學史上佔有一席之地。

路易斯認為：「四種愛中，唯有友情可以提昇人們至上帝或天使的層次。」托爾金和路易斯的友誼，誠如他在《四種愛》裡的描述：

那是璀璨的交會——我們穿著拖鞋，伸長雙腳向爐火，手持美酒。談論之間，全世界甚至世外的事物，都向我們的心靈敞開。兩人彼此無所求，也沒有責任，坦蕩自由，宛如一小時前我們才相識，卻又有長年的情誼包圍融合我們。生命裡沒有比這更珍貴的禮物，誰人得以獲此賞賜？

托爾金與路易斯生平大事記

一八五七年　托爾金的父親亞瑟・羅爾・托爾金生於英國伯明罕。

一八六二年　路易斯的母親弗蘿拉・奧古司塔・漢米頓生於愛爾蘭南部廓克郡女王鎮。

一八六三年　路易斯的父親亞伯特・路易斯生於愛爾蘭南部廓克郡。

一八七〇年　托爾金的母親梅寶・蘇菲德生於伯明罕。

一八八九年　元月二十一日，托爾金未來的妻子艾迪絲出生於英格蘭。
亞瑟・托爾金遠渡南非，任職非洲銀行。

一八九〇年　亞瑟・托爾金派駐布隆泉，距好望角七百英哩。

一八九一年　三月，梅寶自伯明罕遠渡重洋，前往南非與亞瑟・托爾金結婚。

一八九二年　元月三日，托爾金生於南非布隆泉。

一八九四年　二月十七日，托爾金的弟弟希拉利生於布隆泉。

一八九五年　四月，梅寶帶兩個幼子航返英國，定居伯明罕。
六月十六日，路易斯的哥哥華倫生於貝爾法斯特。

一八九六年　二月十五日，亞瑟・托爾金病逝於布隆泉。
夏天，托爾金一家遷至伯明罕市外薩瑞霍磨坊近旁。

一八九八年　十一月二十九日，路易斯生於貝爾法斯特。

一九〇〇年　托爾金進入愛德華國王學校就讀。
梅寶改信羅馬天主教。

一九〇一年　元月二十二日，維多利亞女王駕崩。
華倫製作袖珍花園給路易斯看。

托爾金與路易斯生平大事記

一九〇二年　托爾金家遷至伯明罕天主教堂鄰近，結識摩根神父。

一九〇三年　托爾金獲得愛德華國王學校獎學金，得以繼續留校就讀。
聖誕節，托爾金開聖體，首次領聖餐。

一九〇四年　四月，托爾金母親梅寶住院，托爾金兄弟被送往親戚家照顧。
六月，托爾金家人重聚，遷入天主教農莊。
十一月十四日，托爾金母親梅寶過世，得年三十四歲。

一九〇五年　路易斯一家人遷入新居小李爾，位於貝爾法斯特郊外。

一九〇七年　艾迪絲進入寄宿學校就讀。

一九〇八年　二月十五日，路易斯的母親弗蘿拉接受癌症細胞切除手術。
托爾金兄弟遷入寄養家庭，結識艾迪絲。
八月二十三日，弗蘿拉病逝。
九月，路易斯就讀倫敦附近的文雅學校。

一九〇九年　秋天，托爾金投考劍橋大學落榜；被迫與艾迪絲分開。
艾迪絲遷居鄉間，與農夫訂婚。

一九一〇年　夏天，茶社成立，托爾金開始創造秘密語言。
秋天，路易斯進入坎培爾學院就讀半學期；托爾金獲劍橋大學錄取。

一九一一年　路易斯被送往英格蘭瑪文就學，其間放棄基督信仰。
十月，托爾金在牛津大學開始研讀古典著作。

一九一二年　托爾金學習威爾斯語和芬蘭語，開始創造精靈語言。

一九一三年　元月，托爾金與艾迪絲復合。
夏天，托爾金轉往英文系就讀。

一九一四年　元月八日，艾迪絲改信羅馬天主教，與托爾金訂婚。

一九一五年　二月，華倫進入皇家軍事學院。
　　　　　　四月，路易斯結識亞瑟・葛李弗。
　　　　　　八月四日　英國對德宣戰。
　　　　　　九月十九日　科克派翠克擔任路易斯的家庭教師至一九一七年四月。
　　　　　　夏天，托爾金被徵召入伍。
一九一六年　三月二十二日，托爾金與艾迪絲結婚。
　　　　　　七月，托爾金赴法國索瑪戰場，十月因戰壕熱後送回英國。
　　　　　　十二月，路易斯獲得牛津大學獎學金，進入大學院就讀。
一九一七年　四月二十六日至九月，路易斯在科伯學院就讀，結識帕帝・摩爾。
　　　　　　十一月，路易斯赴法國索瑪戰場。
　　　　　　十一月十六日，托爾金長子約翰出生。
一九一八年　四月十五日路易斯在戰場受傷。
　　　　　　十月，托爾金任牛津大學英文字典助編。
　　　　　　十一月十一日，第一次世界大戰結束。
一九一九年　路易斯返大學院繼續學業。
　　　　　　三月，路易斯作品《永結同心》登載於雜誌。
一九二〇年　路易斯在牛津附近租屋給摩爾夫人和她女兒莫玲居住。托爾金完成字典助編工作。
　　　　　　十月，托爾金次子麥可出生。
一九二一年　托爾金獲聘里茲大學，擔任英國文學導讀。路易斯與摩爾夫人同住。
　　　　　　十月，托爾金獲聘里茲大學教席。路易斯暫代牛津哲學導師。
一九二四年　十一月，托爾金三子克里斯多弗出生。

托爾金與路易斯生平大事記

一九二五年　五月二十日，路易斯獲聘瑪格大倫學院教席，於此任教二十九年，於一九五四年轉往劍橋任講座教授。
　十月，托爾金獲聘牛津大學教授。
一九二六年　五月十一日，托爾金與路易斯首次見面。
一九二八年　五月二日，亞伯特．路易斯退休。
一九二九年　路易斯改奉有神論。
　九月，亞伯特．路易斯病逝貝爾法斯特。
　托爾金的女兒璞麗希拉出生。
　十二月六日，路易斯閱讀托爾金給他的《露辛之死》與神話故事大綱。
一九三〇年　五月，華倫決定編輯《路易斯家族手札》
　十月，摩爾夫人、路易斯、華倫合購窯廬。
　這年或次年，托爾金開始撰寫《哈比人》。
一九三一年　托爾金改革英文系課程，並重語言與文學。
　九月十九日，路易斯與托爾金、迪森深夜長談，相信基督存在。
　九月二十八日，路易斯在郊遊途中，於摩托車副車裡，改信基督。
一九三二年　年底，路易斯閱讀《哈比人》草稿。
一九三三年　五月二十五日，路易斯《浪子回頭》出版。
　秋天，路易斯組織「吉光片羽社」。
一九三四年　托爾金的詩作《龐巴迪歷險記》登載於《牛津學人》。
一九三六年　三月十一日，查理斯．威廉斯接獲路易斯來函，稱讚《獅之鄉》。
　春天，路易斯和托爾金商議，分頭撰寫時間和空間旅行故事。
　十一月二十五日，托爾金於倫敦英文學院演講《戰狼》。

一九三七年 年底，路易斯《愛的隱喻》出版。
九月二十一日，《哈比人》出版。
十二月，托爾金開始撰寫《魔戒》。

一九三九年 三月八日，托爾金於安德魯大學演講：「論奇幻文學」。
九月二日，躲避空襲的避難孩童抵達窯廬。
九月四日，華倫因為英國參戰被召重返行伍。
九月七日，威廉斯隨牛津大學出版部後撤至牛津區。

一九四〇年 路易斯向皇家空軍宣揚基督信仰，直至一九四一年。
八月二十七日，莫玲結婚，對象是交響樂團指揮。
十月十四日，路易斯《痛苦的奧祕》出版。

一九四一年 八月六日，路易斯開始主講英國國家廣播公司談話性節目，共二十五次。

一九四二年 路易斯《大榔頭寫給蠹木的煽情書》出版，題獻給摯友托爾金。
克里斯多弗加入英國皇家空軍，至南非受訓。

一九四三年 二月十八日，路易斯獲頒牛津榮譽學位。

一九四四年 元月五日，時代雜誌記者訪問路易斯，訪問稿遲至一九四七年刊登，路易斯在美國的知名度驟增。
路易斯受邀至劍橋系列演講。

一九四五年 五月八日，德國投降。九月二日，日本投降。第二次世界大戰結束。
五月十五日，查理斯・威廉斯過世。
秋天，托爾金改任莫頓學院，出版《小小葉》。

一九四七年 路易斯《神蹟》出版。

一九四九年 秋天，托爾金完成《魔戒》。

托爾金與路易斯生平大事記

一九五〇年　十月二十日，吉光片羽社的文學聚會結束，但社交性聚會仍持續。
年底，托爾金將《精靈寶鑽》手稿送交出版商。
一九五一年　元月十日，路易斯第一次收到喬伊的來信。
路易斯《獅子．女巫．魔衣櫥》出版。
元月十二日，摩爾夫人過世。
托爾金至比利時參加語言學會議。
一九五二年　六月二十二日，托爾金授權歐文出版《魔戒》。
《哈比人》二版問世，根據《魔戒》情節做若干修正。
路易斯《返璞歸真》（或稱《如此基督教》）出版。
九月，喬伊自美利堅來英國，首次與路易斯見面。
一九五三年　三月，托爾金夫婦遷往牛津郊外黑丁頓。
一九五四年　路易斯獲聘劍橋大學講座教授。
《魔戒》首部曲和二部曲出版。
路易斯《十六世紀英國文學》出版。
一九五五年　路易斯自傳《驚喜》出版。
五月二十日，托爾金完成《魔戒》附錄。
十月二十日，《魔戒》三部曲出版。
一九五六年　四月二十三日，路易斯與喬伊註冊結婚。
路易斯《最後的戰役》出版，獲卡內基兒童文學獎。《裸顏》出版。
一九五七年　三月二十一日，路易斯與喬伊在病床邊舉行基督教結婚儀式。
九月，喬伊病情好轉，十月得以下床走動。
一九五八年　三月，托爾金至荷蘭訪問。

一九五九年　十月，X光片顯示喬伊骨癌復發。
一九六〇年　五月，喬伊和艾迪絲同時住進牛津醫院。
　　　　　　七月十三日，喬伊過世，得年四十五歲。
一九六三年　六月十五日，路易斯因心臟病住院。
　　　　　　九月，華倫自愛爾蘭返回窯廬。
　　　　　　十一月二十二日，路易斯於他六十五歲生日前一週，病逝窯廬。
一九六四年　路易斯《飛鴻22帖——路易斯論禱告》出版。
　　　　　　托爾金《樹與葉》出版。
一九六五年　托爾金作品風行美國大學校園，陸續擴及全世界。
一九六六年　華倫．路易斯編輯的《路易斯家族手札》出版。
　　　　　　夏天，基畢教授協助托爾金整理《精靈寶鑽》。
一九六八年　六月，托爾金夫婦前往博恩矛斯海邊別墅。
一九七一年　十一月二十九日，艾迪絲過世。托爾金返回牛津區莫頓街居住。
一九七二年　三月二十八日　托爾金獲女王授勳。
一九七三年　四月九日，華倫過世。
　　　　　　九月二日，托爾金病逝於博恩矛斯。
一九七七年　克里斯多弗校訂的《精靈寶鑽》出版，在美國銷售量超過一百萬冊。
一九八四年　托爾金次子麥可去世。
二〇〇三年　托爾金長子約翰去世。

國家圖書館出版品預行編目資料

聖經、魔戒與奇幻宗師 / 柯林．杜瑞茲（Colin Duriez）著；褚耐安譯 --初版 --臺北市：啟示出版：城邦文化發行，2004〔民93〕
面； 公分. --（Knowledge；1）

譯自：Tolkien and C. S. Lewis: The Gift of Friendship

ISBN 986-7470-03-6（平裝）

1. 托爾金（Tolkien, J. R. R. (John Ronald Reuel), 1892-1973）－傳記
2. 路易斯（Lewis C.S. (Clive Staples), 1898-1963）－傳記 3.英國文學－20世紀－評論

873.09 93007804

Knowledge 001

聖經、魔戒與奇幻宗師：
托爾金vs路易斯—《魔戒》誕生的故事

原著書名 / Tolkien and C. S. Lewis: The Gift of Friendship
原出版者 / HiddenSpring An Imprint of Paulist Press
作　　者 / 柯林．杜瑞茲（Colin Duriez）
譯　　者 / 褚耐安
責任編輯 / 徐仲秋

發 行 人 / 何飛鵬
法律顧問 / 中天國際法律事務所周奇杉律師
出　　版 / 啟示出版
台北市104民生東路二段141號5樓
電話：(02) 2500-2633　傳真：(02) 25027676
發　　行 / 城邦文化事業股份有限公司
聯絡地址 / 台北市104民生東路二段141號2樓
電話：(02) 2500-0888　傳真：(02) 2500-1938
讀者服務專線：(02) 2500-7397
讀者訂閱傳真：(02) 2500-1990
劃撥：1896600-4　城邦文化事業股份有限公司
城邦閱讀花園網址：www.cite.com.tw
e-mail：service@cite.com.tw
香港發行所 / 城邦（香港）出版集團有限公司
香港北角英皇道310號雲華大廈4/F, 504室
電話：25086231　傳真：25789337
馬新發行所 / 城邦（馬新）出版集團Cite (M) Sdn.Bhd.(458372U) 11, Jalan 30D/146, Desa Tasik, Sungai Besi, 57000 Kuala Lumpur, Malaysia
電話：(603) 9056-3833　傳真：(603) 9056-2833
email:citekl@cite.com.tw

封面設計 / 黃聖文
內頁設計 / 莊士展
打字排版 / 集雲堂美術設計有限公司
印　　刷 / 韋懋印刷事業股份有限公司

■2004年6月3日初版

定價 / 240元

ISBN 986-7470-03-6